新 潮 文 庫

いじわるペニス

内藤みか著

新 潮 社 版

8452

目次

いじわるペニス

いじわるペニス

第1章

由紀哉《ゆきや》は、今夜もイかなかった。

(ちょっと、またなの!?　カラダ売ってんだったら、ちゃんと最後までするのが、当たり前でしょ!?)

ぽろんとヴァギナから外れてしまった、情けないくらいに縮んだペニスが、どうしようもなく悔しかった。

(なんで勃《た》たないの?　私ってそんなに魅力ない?)

二十二歳の彼は二十九歳の女のカラダでは、発情しないのだろうか。

ハタチの女の子に比べれば、そりゃあ、おっぱいだって垂れてるだろうし、お尻《しり》の肉だって、弛《たる》んでいるかもしれないけれども。

私の上に乗っている由紀哉の顔を、じっと見つめた。ウインナみたいに小さくなったペニスを、ちんまりと私のお腹《なか》の上に乗せたまま、彼はなぜか笑っていた。苦笑いというよりは、泣き笑いみたいな顔……。

なんで笑ってるの、とまたムカッとしたけれど、それが精一杯の彼の強がりなのかもしれなかった。

そんなおち○ち○で、よく、この仕事してるね。そう言ってやりたいけど、むちゃくちゃ傷つくだろうから、言わない。それに、言い返されるのが、怖い。

「うるせぇババァ！　てめぇとヤる時だけ、勃たねぇんだよ！」

そう怒鳴られそうな気がして。

由紀哉は複雑な笑顔を見せた後で、

「……ごめんね」

とだけ言った。

「……ううん、いいのよ」

これもいつものこと。私はいつでも、物わかりのいいお姉さんを、彼の前で演じている。もうこれで何度目だろう。イかない売春少年に対して、私は毎回毎回、なんで正規料金を支払ってるのだろう。

シティホテルのテレビに、北海道の、雪で出来たクリスマスツリーが映し出されている。朝だからなのか、レポーターの声は元気いっぱいだ。

今日はクリスマス。私はクリスマスイブの相手を、お金で買ってしまっていた。

彼氏がいない私は、ひとりぼっちでこの朝を迎えることが、たまらなくこわかったのだ。

派遣社員の毎日は、それなりに残業もあり、忙しい。もう二年も恋人がいない淋《さび》しさは、進んで残業を引き受けることや、広めのベランダでガーデニングに励むことで、それなりに紛らわせることができた。

でも時々、独りが耐えられなくなることがある。

そんな時、私は、由紀哉を買う。

割り切った、ドライな付き合いのつもりだった。けれども、由紀哉のペニスは、割り切れていない彼の気持ちを示しているかのように、萎《な》えている。

「俺、勃起《ぼっき》や射精にすっごく時間がかかる。イかない時のほうが多いんだ」

そう言い訳されるけど、一度くらい、彼がイくのを見てみたかった。白い液をどろりとコンドームの液だまりの中に流し込んでもらいたかった。

「ねえ」

そそくさとゴムを外している彼に、私は、問いかけた。

「由紀哉クンてさあ、ひょっとして、ゲイ？」

「え」

彼は驚いたような顔をして、私を見た。一滴もザーメンなんか出てはいないコンドームを指先からぶらんと下げている。

「だって、男の人の前では、イくんでしょ？」

彼は一瞬言葉に詰まった。

「俺、口でイッたことないし。男にいくらしゃぶられてもイかないよ」

「じゃあ、どうしてんの」

「……自分でオナニーすればイけるから、お客さんにはそれで納得してもらってるけど」

サラサラの茶色い髪をしている彼は、少し反抗的な目線を私に向けた。

普通に街を歩いていれば、それなりに人目を惹《ひ》く、可愛《かわい》いルックスの由紀哉。

由紀哉は、ウリセンボーイだった。新宿二丁目には、一晩三万円でゲイの男性に身売りをする男の子達がいる。ペニスを舐《な》められたり舐めてあげたり。それができる子はペニスをアナルに入れたり入れられたり。

見知らぬ男達と一夜を共にして、二万円の手取り分を、得るのだ。

彼はウリセンを続けてもう二年目だという。

身体《からだ》を売る理由は、借金。車のローンがまかないきれないから。

思い切って買った、三百万円近い4WD車を、半年と乗らないうちに、盗まれてしまったのだという。もう手元にはない車のためにお金を支払い続ける惨《みじ》めさが、彼をこの仕事に追い込んでしまった。

週に二回。金曜日と土曜日だけ、彼は店に出る。

他の日は、彼は、恵比寿《えびす》にある大きな病院の駐車場係をしていた。車が大好きだからこの仕事をしているのだそうだ。

「昼番と夜番があるんだ。昼番は、病院の患者やお見舞い客がちまちま出入りするから、何かとめんどくさいんだけど、夜番は静かで、いいよ」

と言う。病院入り口付近の小さな詰め所の中、冬はミニストーブ、夏はミニ扇風機に当たりながら、由紀哉は出入りする車を眺めている。

病院の駐車場は広く、夜間は一般にも貸し出しているのだけれど、あまり知られていないらしく、割合暇なのだという。

「あとは、急患の家族の車が来るかな」

救急車は、病院の救急窓口に付けるので駐車場には入ってこないと言う。

「救急車には、思い出がありすぎだよ」

由紀哉の二歳離れた弟は、重い喘息《ぜんそく》で、生後すぐから入退院を繰り返していたらしい。

付き添いが必要な病院だったので、母親は不在がちになった。由紀哉は二歳から保育園に入れられ、祖母が送迎するようになった。

「大変だったのね」

「いや、俺もそりゃ少しは淋しかったけどさ、一番つらいのは、弟だからさ」

「ねえ、なんで、そんな話、私にしているの？」

「……なんでだろう？」

由紀哉も少し首を傾《かし》げた。

「ほら救急車の話したじゃん、それで思い出したんだよ。救急車、弟が何度も乗ったし」

由紀哉の瞳《ひとみ》の中に、押し殺したような怒りがあるような気がした。

「救急車におかんが一緒に乗り込む時、すごく不安で、ボクも一緒に行くと泣いたし、保育園に連れていかれたくなくて、柱にしがみついたりしていたよ」

でも母親は、弟の看病で必死だったのだろう。あまり由紀哉を構ってはくれず、突き飛ばすようにして行ってしまった。

あんまりグズっていると「お兄ちゃんのくせに、いい加減にしなさい！」とビンタが飛んできたこともあったそうだ。

二歳といえば、一番母親に甘えたい時だ。彼は、弟に母親を取られたとか、母親に拒絶された、とか思っているのではないだろうか。

週末になるたびに見知らぬ男に抱かれている彼の現実を、考えた。誰かに抱っこされることで、心の隙間《すきま》を埋めているのかなとも思った。抱っこされ足りていない子どもの頃の自分を慰めているのだろうか。

由紀哉は週末はウリセンバーで客を待ち、平日は駐車場で車が入ってくるのを待っている。

南の島のあちこちには、海の向こうから神様がやってくるという伝説があり、その到来を島の皆で待つお祭りがあるとも聞く。由紀哉も何かもっと違うものを本当は待っている気がした。

じっと待っていれば、何か、ものすごくいいことがやってくるかのような。心の傷を癒《いや》してくれるエピソードを彼は待っているんじゃないだろうか。

由紀哉はもういいじゃんそんなこと、とでも言いたげに、ベッドの中に潜り込み、私に抱きついてきた。

彼の指が、私の下腹部に、伸びてくる。

「なに……？」

「触りたいんだよ」

指先が、そろそろと奥の方へと潜っていく。

果てなかったお詫《わ》びのつもりなのだろうか、由紀哉の手は、蜜壺《みつつぼ》に達した。今しがたペニスを抜かれたばかりの濡《ぬ》れた泉の縁をぴちぴちと弾いている。

「ん……」

自然と、彼の指が入りやすいように、腰を浮かせていた。

「咲希《さき》ちゃんのアソコ、俺の好きなアソコなんだよ」

つりゅ、と指が、中まで滑り入ってきた。

「初めて指を入れた時、小さくて、気持ち良さそうだなって思ったんだよ」

由紀哉はそう言って目を細めながら、私のヴァギナの中を、ゆっくり掻《か》き回してくる。

「よく濡れるし、絶対、いいよね」

これられているうちに、また、愛の雫《しずく》が漏れていく。由紀哉は、指を出し入れし始めた。ぴちゅぴちゅと蜜が鳴る。

「ん……」

私の腰が震えた。さっき途中で終わってしまったピストン運動が、せつなく思い起こされてくる。

彼のが初めて入った瞬間、なんてぴちぴちしていて、いいおち○ち○なんだろうと惚《ほ》れ惚《ぼ》れしたのに。

由紀哉のペニスは二十二歳らしく雄々しく幹を張って、その存在感をごりごり、と蜜壁になすりつけてきたのに。

「ああ、すごいね、固い固い」

私はたまらず彼を抱きしめた。だけど、数往復するうちにみるみるその肉塊の元気は薄れ、柔らかな頼りない棒となってしまった。

その失望感を、いったい何度、味わってきたのだろう。多分、今日までにもう五回は〝中折れ〟を味わっている。

由紀哉のペニスは、しゃぶってあげている時には、天を向くほどに反り返り、きりりと身を引き締める。

なのに、欲しい欲しいと中に誘い込むと、途端に萎《しぼ》んでしまう。どうしてなのだろう。私のアソコが好きだと言っているくせに。

「ヌレヌレだね」

由紀哉が指ピストンを繰り返している。ペニスよりもずっと質量のないそれは、だけど一所懸命私を歓《よろこ》ばせようと、前後に揺れている。

「あぁ……ッ」

本当はもっと太くて固い、彼自身が欲しいのに……。でも指を伸ばして触れた彼のペニスは、哀《かな》しいほどに縮んでいて、申し訳なさそうにやわやわとしていた。

対して由紀哉の指はぴんと伸びていて、尖端《せんたん》だけがくにくにと小刻みに震え、膣壁《ちつかべ》を刺激してくる。

「ああ……、好き」

緩やかにエクスタシーに襲われていく。

「俺も、咲希ちゃんが好き……」

優しいこの指使いと彼の囁《ささや》きに、いつも騙《だま》されてしまう。

私が欲しいのは、本当は違うものなのに。

「ああ、由紀哉」

由紀哉の指が二本三本と増えていく。

もう一本の指は、クリトリスをくすぐっている。そしてもう一本の指は……。

「あぁ、そこは、ダメなのに」

アナルの入り口をつんつんと、つついてくる。そんなところは、汚いし、ダメ。と身を捩《よじ》っても、彼の指が、何度もそこをノックする。

そのたびに、お尻《しり》が、刺激でひくひくとした。下半身が震えると、彼の指が当たっているクリトリスにも微妙な振動が伝わってくる。

「あぁ……」

いくつもの快感が混じり合って、私の中で、ひとつの甘いうねりになっていく。

由紀哉もそれを察しているのだろう、指の動きが一層激しくなる。

彼の指が私のヴァギナの中を、奥から入り口まで、何度も往復している。

(ああ、おち○ち○みたい)

知らずに腰が動いていた。

「ああ、好き好き、好き」

下半身全体が痺《しび》れ、びくん、びくん、と何度も快感の波を浴びる。

また、こうして指で、イかされてしまった。イッた後、たまらなくせつなくなる。

由紀哉は、一度も射精してくれたことがない。

ものすごく遅漏で、なかなかイかないし、最近勃《た》ちも悪いんだよ。ストレス溜《た》まってんのかな。彼は言い訳のように、気まずい交わりの後で繰り返す。

本当にインポテンツで射精にも苦労しているのだとしたら、それは、あんまり責めてはいけないと思った。ストレスが原因だとしたら、一緒に原因を考えてあげたいとも思った。

だけど……。

いつも、一抹の不安が過《よ》ぎる。

ひょっとしたら、彼が勃起《ぼっき》しないのは、私に対してだけなんじゃないだろうか。怖いからずっと聞けずにいたけれど。

今夜はどうにもやるせなくて、思わず口を開いた。

「ねえ、他の女の子とセックスする時は、ちゃんとできるの？」

由紀哉は何秒か考えていた。何て答えればこのお客さんは満足してくれるのだろうか、と計算しているかのようで、辛《つら》かった。

「……最近、女の子としてないから、わかんないよ」

思考した挙げ句の答えは、これだった。嘘《うそ》なんだろうなあ、と思った。

綺麗《きれい》なきりりとした顔立ち。どこか負けず嫌いそうな意思が強そうな瞳。それでいて優しそうなおっとりとしたムードと話し方。このアンバランスさが、女の子にモテないわけがない。

でも、これ以上追及するのは可哀想《かわいそう》な気がして、やめた。

「……そろそろ、出なくちゃ」

ラブホテルのテーブルの上に置かれた携帯電話を覗《のぞ》き見て、由紀哉が呟《つぶや》いた。もう、朝の十時近い。

私は由紀哉をいつも『ロング』で買っていた。夜の十時から朝の十時までで、三万円。由紀哉は決してそれ以上の時間を、私と一緒にいようとはしない。

ウリセンは本来、ゲイが一夜の相手をチョイスする場所だ。私がこの店を知ったのは、ホステスのバイトをしている同僚の綾乃《あやの》からだった。一年前のことだ。

その前の年から私は、派遣されていた通信会社のデータ処理に追われていた。吸収合併を目前に控え、様々なデータを統一させなくてはならず、毎日毎日何時間もパソコンの前に向かっていた。

その前は普通に商社で事務をしていたのだけれど、三年も付き合っていた同僚の彼に振られて、会社を辞めた。そろそろプロポーズしてもらえるかな、と思っていたのに。

彼が他の女と婚約したのだ。しかも、同じ会社で、私と毎日顔を付き合わせているおとなしめの女だった。さらに彼女は妊娠していた。しばらくの間、周囲から浴びせられた同情という名の暴力的な視線を今でも忘れられない。

あの時から、私は、普通の恋愛というものから、なるべく遠ざかるように、生きている。

恋することがこわい。だから恋愛をする暇を、わざと失った。でも時々一緒に遊んでくれるボーイフレンドが欲しい……。

そうぼやいた私に、彼女が、出張ホストみたいなのが二丁目にあるんだ。ゲイのお客さんに連れてってもらったんだよ、と教えてくれたのだ。

ウリセンとは、店の中にたむろしている男の子の中で、好きなのを選び〝お持ち帰り〟できる場所だという。

「普通は女は入れないんだけど、私、マスターと友達になって、いつでも来ていいよ、と言われてるし」

遊ぼ遊ぼ、と彼女に半ば強引に連れていかれた。

店の内装は、ごくごく普通だった。ただの小ぎれいな広めのスナック。大きなカウンター。それから数セットのソファとテーブル……。

そして私は、息をのんだ。

ウリセンバーのカウンターの中には、十人以上の男の子が並んでいた。退屈そうな顔をしていた。けれど、私達女二人の姿を認めた途端、急に目を見開き、背筋を伸ばした。

わけがわからなかった。男の子達の視線が集中して、顔が熱く火照《ほて》った。いたたまれず、最初に目が合った男の子を選んだ。大急ぎで財布の中から三万円を取り出し、マスターに渡した。


それが、一年前の話。初めて買ったのは由紀哉ではなくて、ハジメ、という二十一歳の男の子だった。まつ毛が長くて、小柄でお人形さんのように綺麗な男の子だった。

ハジメのことは、もう、あまり、思い出したくない。さんざんお金を引っ張られたから。

ハジメは人なつこくて、

「咲希ちゃん、好き好き」

と、いつもくっついてきた。

最初のうちは、金髪の若いジーンズ姿の男の子と一緒に歩くのが恥ずかしすぎたのに……。

まとわりつかれているうちに、いつのまにか、触れ合っていることが自然に思えていった。

差し伸ばされた手のひらに手のひらを重ね、私達は幸せな恋人同士のように街を歩いた。気持ちがほぐれ、久しぶりに優しい自分になれた。

甘い体験は、クセになった。私は十日と空けずに彼を買うようになってしまった。

セックスするまでに、それほど時間はかからなかった。三回目に連れ出した時には、私のほうから、

「今日は疲れているし、ホテルのお部屋でお酒でも飲みながらごろごろしようか」

と誘ったのだ。ハジメはうれしそうに、それじゃ近くのコンビニでいろいろ買って行こうね、と言った。

ハジメはベッドでも、まとわりついてきた。セックスをしながら、両手を握ってきた。キスをしてきた。乳首と乳首をすり合わせてきた。

密着感の強い彼とのセックスは、私の身体《からだ》も心も満たしてくれた。愛してる愛してると何度も囁かれて、本当に愛されている気になった。

嘘だとわかっているのに。

その場限りの付き合いだとわかっていたはずなのに。ハジメに「愛してる」と語りかけられることが、クセになっていった。

半年の間に、二百万円がなくなった。定期預金の残高が百万円を切って初めて、怖い、と思った。

ハジメの一晩の料金三万、それからホテル代約一万、ふたりで食事でもしたら五千円は軽く飛んでいく。一晩のデートに五万円くらいはかかった。

私は週に一度か二度は彼を連れ出していた。お金なんて本当に、羽の生えたように消えていった。

さらにハジメにはオマケがついていた。いつのまにか彼に会うたびに請求書が一緒についてくるようになった。

携帯電話代、ガス代、電気代……。最初のうちは可哀想に思って出してあげていたが、いつのまにかそれが当たり前のこととなっていた。

最後にはものすごい額の請求書がやってきた。

車検の代金、三十六万円……。

そう切り出された時、何それ、と思わず叫んだ。彼が車を持っているなんて、初耳だった。

「実はさ、ベンツ持ってるんだ」

ハジメが照れ臭そうにそう言った。何なのそれ。また私は叫んだ。

「昔、ホストやってた時に、客に買ってもらってさ、でもデカいし、東京の狭い道じゃあ乗りづらいから、車庫に置きっぱなんだけど」

車検に出したらあちこち故障していて三十六万円もかかるという。

夏のボーナスシーズンだった。私がまとまったお金をもらったのを知ってのことだったのだろうと思う。

あの時、どうして振り込んでしまったのだろう、と思う。

ハジメにもう会えなくなってしまうのが、いやだったのだ。彼を、失いたくなかった。

仕事の合間に時折連れ回して、ストレスを発散させるだけの、便利な関係のはずだったのに。

何度も会ううちに、彼を恋人のように錯覚してしまっていた。私が彼に差し出すお金は、一夜のレンタル料金ではなく、貧乏な恋人に対する義援金のつもりだった。

「ウリセンも最近は不景気だし、俺、昼の仕事も始めなくちゃ。そうしたらしばらく会えなくなるかもしれないね……」

定期的に彼に抱かれるリズム。それを手放すことが怖かった。だから彼の口座にお金を振り込んでしまった。

けれどハジメは、やがてウリセンを追い出されることとなる。

彼は、私だけでなく他の指名客に対しても同じ手口で、高額の車検代をせびっていた。彼が手にした額は、二百万を超えたらしい。

ウリセンバーのマスターは、客から苦情を言われて即、彼を出入り禁止にした。店からしてみれば連れ出し料金以上の金をせびるボーイは、ルール違反だ。幾ら客から金を取っても店の利益にはならないというのが、一番の大きな理由であった。

ハジメが去っていったのが、夏の初めだった。それ以来、私はウリセンバーには近づかなかった。もう、二度と行く気はしなかった。

ハジメの他に、連れ出したいと思えるような男の子がいるとは思えなかったし、何より、お金がなかった。ハジメとの九ヶ月で、貯金三百万円は、すっからかんになっていた。

だけど秋になって、近くまで来たついでに、ウリセンバーを覗いてしまった。

あら久しぶりじゃぁない、と、マスターは何事もなかったかのようなさっぱりした顔で、私を迎え入れてくれた。

ウリセンにハマり、ガンガンお金を注ぎ込む客のことを、フィーバー、と店では言った。そういう客は、有り金が尽きるまで、我を忘れてお金を使い続ける。

もちろん私も〝フィーバー〟のひとりだった。ハジメを買っている時は、アドレナリンがびゅうびゅう音を立てて身体中を流れているようだった。

でも、派手に使う人は、もっとすごいらしい。

退職金数百万円、夫の遺産数千万円。まるで全《すべ》てをご破算にしたいかのように、ものすごい勢いで消費していくそうだ。

一度に連れ出す人数は数人で、さらに全員で温泉旅行などに行くから、会計もハンパではない額らしい。

私も結局、貯金が全額なくなるまで、ひたすらにハジメに消費し続けた。

暗闇《くらやみ》の中、遠くに温かな明かりを見つけたかのような気分だった。とにかく前進するしかなかった。彼の温《ぬく》もりだけが、人生の目標物のようだった。ウリセンバーに辿《たど》り着いて、ハジメの肌に触れた時に味わえる安堵感《あんどかん》を必死で追いかけていた。

フィーバーが終わり、すっかり気持ちも冷めて、改めて店を訪れると、そこはただの広めのスナックだった。カウンターの中に大勢男の子がいることを除けば、なんてことはないお店だった。

それなのにあの頃は、ここだけが私を迎え入れてくれる神聖な場所のようだった。苦い記憶だった。運ばれてきたウーロンハイも、苦かった。

「どう？　遊んでく？　新しい子いっぱい入ったのよ」

マスターがカウンターを指差す。男の子が十数人、雁首《がんくび》並べて立っていた。

『捨犬達の里親になってください。』

急にそんなキャッチフレーズを思い出した。テレビでは、捨て犬達は里親が現れなければ動物処理場行きだと語っていた。

この男の子達は、買い手がつかなかったら、どうなってしまうのだろう。借金まみれだったり家出人だったり、どうしようもない事情で身を売っている子が多いと聞くし……。

どの子も「僕を買ってください」とばかりに、哀れっぽい目線を投げかけてきた。その中に、たった一人だけ、横を向いていて、こちらを見てくれない子がいた。

それが由紀哉だった。横顔だけでも可愛《かわい》い顔立ちだとわかった。なんでこっちを見てくれないの、と腹が立って、呼びつけた。

話をしてみたら、ノリが良くて、それでいて穏やかで、いい感じだった。クールな切れ長の目も、嫌いじゃなかった。もっと一緒にいたくなって、外に連れ出した。貯金ゼロの私にとっての三万円は、大金だった。直接、生活に響いてくる額だった。明日から食費を切り詰めたりしなくてはならないほどに。

半分ヤケっぱちになって、彼をその日のうちにホテルに連れ込んだ。ハジメの痕跡《こんせき》を、身体から消し去りたかった。由紀哉に、消してもらいたかった。

それなのに、由紀哉は、初めて買った晩から、私の身体にまるで関心が持てないかのように萎えていた。

「ごめんね今日は調子悪い」

そんな言い訳も、数回も続けば、通用しない。彼のモノは、役に立たない。私に対してだけなのか、誰に対してもそうなのかは、わからないけれど。

新宿駅前広場の大時計が十時ちょうどのメロディーを奏《かな》で始めた中、由紀哉と別れた。彼はいつも紳士っぽく、改札のところでずっと手を振って見送ってくれる。でも今朝は、そんな態度すらも気に入らなかった。

そんなことはいいから、ちゃんとセックスしてよ。ペニスで私をイかせてよ。ザーメン見せてよ。

私の身体からは、まだ、ハジメが消えないままだ。ぴったりと身体と身体を重ね合わせたまま、局部だけがこすり合わされていく、あの快感が、拭《ぬぐ》えないまま……。

今日も満足しないまま朝を迎えた。朝立ちをしていたペニスが悔しくてもう一度挑んだ。だけど、ダメだった。

クリスマスの朝から、気分は最悪だった。しかも、由紀哉は私にクリスマスプレゼントすら持ってこなかった。私はちゃんと、グッチのシガレットケースを、あげたのに。

もう、絶対、あんなやつ、買わない。

三万円をドブに捨ててしまった気がした。今まで五回買ったから、全部で十五万。返して欲しくなった。だから、由紀哉にメールを書いた。

『なんか由紀哉とは、もう会わないほうがいい気がする……私ったら、いやがる由紀哉をムリヤリ押し倒してるヤな女みたいじゃん……』

そうしたら、すぐ返信が来た。いつもは翌日に返事をしたりするくせに。収入源が去ってしまうのは、きっと痛いのだろう。

『俺は、全然イヤじゃないよ。咲希ちゃんとエッチしたいし。だから気にしないでまた呼んで！　咲希ちゃんといると、マジ楽しいし』

……でも萎《な》えちゃうじゃない。ホントは私のことなんて、好きじゃないんでしょ？

問い詰めたかったけれど、これ以上のことを書くのは、はばかられた。

本当は、由紀哉だってわかっているはず。私達の関係が軋《きし》んでいるのが、セックスのせいだって、こと。

思いきり突いて、めちゃめちゃ感じさせてくれて、熱い精液を、コンドーム越しにどろり、と流してくれないから……。

由紀哉は、スタイルも悪くないし、顔立ちもすっきりしていて綺麗《きれい》だ。ウリセンバーの中でも目立つはずなのに、常連客はほとんどついていない。

「週末にしか、出て来れないからさ」

予約が入らない理由を彼はそう言っていたけれど、本当は違う。ペニスが使いものにならないからではないだろうか。

ウリセンの客だって、金を払うからには、勢いよく精を噴き上げてくれる子のほうが、いいに決まっている。

由紀哉を買っていくのは、一見《いちげん》さんが多いという。でも一見さんがリターンしてくる率は、ものすごく低いという。絶対、由紀哉の勃《た》ちが、悪いからだ。

なぜ彼は、そんな状態でありながら、ウリセンバーに、居続けているのだろう?

一見の客は、すれていない新人の子を好む。この稼業《かぎょう》も二年目を迎えた由紀哉の売上は、落ちていくばかりで、誰にも買ってもらえずお茶を挽《ひ》くことも出てきたという。朝まで店で売れ残ると、ご苦労さん、と言って、マスターがボーイひとりひとりに二千円をくれる。

「二千円ぽっちもらうために徹夜したんじゃねぇんだよって頭に来る」

由紀哉はそう言いつつも、

「もう、潮時ってことかな。そろそろ辞めちゃおうかなって、最近は思ってる」

などと悩んでいた。

辞めちゃえば、いいのに。

私は心の底からそう思っていた。そうしたら彼の、傷ついて疲れて怯《おび》えて元気を失っているペニスも、張り詰めるようになる気がした。

私は、由紀哉の恋人に、なりたかった。

九ヶ月も買い続けても、結局ハジメとは恋人関係になれなかった。そういう話が出ると、彼は、

「じゃああと三ヶ月くらいして、俺が金を貯《た》めたら、一緒に住もう」

「まず俺が店を辞めて、ちゃんと普通の仕事につかないと。今のままじゃ恥ずかしくて咲希ちゃんと付き合えない」

などなど、引き延ばし作戦に出た。それに私はまんまと引っ張られ、結局は彼にお客さんとして金を渡し続けていた。

もっと早く、恋人になれていれば、よかったのかもしれない。

けれども私は、また男に裏切られるのが怖くて、無料《ただ》の関係に踏み切れなかった。ずる賢いハジメは、きっと嘘《うそ》もたくさんつくだろう。浮気もするかもしれない。恋人になった途端に降りかかってくる緊張感や不信感を背負う勇気が出なかった。

でも、今でも、少し悔やんでいる。最初にセックスした時に、

「私と付き合って」

とすんなり切り出せば良かったのかな、と。あの頃は、私もハジメもお互いに好感を抱いていたのだもの。

だから、由紀哉については、早く手を打ちたかった。それなのに、私は出鼻を挫《くじ》かれ続けている。

彼とセックスした後、幸福な気持ちのままで、ベッドの中で、切り出したかった。

「私達……いっそ、付き合っちゃおうよ。きっと、うまくいくわよ」

とても気持ちのいいエッチをした後だったら、由紀哉だって、

「うん、そうだね」

と軽く応じてくれるかもしれない。

恋人に裏切られて二年が過ぎて、私の中に、少しずつ、普通の女らしい感情が、芽生え始めていた。恋人が欲しい。求めて、そして相手から求められたい、と……。

私を嫌いではないはずなのだ。由紀哉のメールを見る限りは、そう思う。昨日も最後は、連れていった沖縄料理屋のことに触れてきて、

『ブタの耳とか初めて食べたけど、超オイシかった！　サイコーでした～！　今度ひとりでも行っちゃうかも。咲希ちゃん、またオイシイお店一緒に連れてってね～♪』

などと甘えてきた。お愛想を並べているだけだとわかってはいても、由紀哉からメールをもらうと、ただのお礼メールが、ものすごく楽しいものに感じられる。

でもセミロングの茶髪をいつもきれいに巻いて、ホステスのバイトをしている綾乃も、毎日のように、客に☆や♪を散りばめたメールを送っている。

『昨日はとってもオイシイご飯、ほんとうに御馳走《ごちそう》さまでした☆　おまけにバッグまで、本当に嬉《うれ》しかったデス♪』

由紀哉のメールと何が違うというのだろう。彼女はホストクラブで何十万円もする高級ボトルを泥酔《でいすい》したすきに入れられ、その支払いをツケられたがために、ＯＬをしながら週に三日もクラブ勤めをしている。

「オカネくれなきゃ客のオジサンとご飯食べたりしない。バッグ買って欲しいからキスしてあげてるだけ。そのバッグだって即、質に入れてお金にしちゃうよ」

綾乃に、由紀哉からのメールを見せてどう思う？　と尋ねてみた。

「ああ……。営業だね。完全に、営業メール」

綾乃はあっさりそう言い切った。

「本気かもしれないなんて夢は、持たないほうがいいよ。試しにオカネがなくなったって言って彼に会わなくなってみればいいのよ。絶対そこで縁が切れるって」

傷が深くなる前にやめときなよ、という彼女の忠告を受け入れることができずに、私は結局、三日も経《た》たないうちに、彼にメールを入れていた。

『由紀哉クン、元気ですか？　咲希は、由紀哉クンに会いたくてたまんないです。今度、いつ会おうか？　金曜日か土曜日の夜は、空いてますか〜!?』

いつも二つの日を候補に入れておく。指定の日に他のお客さんから予約が入っていることもあるからだ。

すぐに、返事が来た。

『金曜日なら大丈夫だよ！　行く場所は咲希ちゃんにおまかせだよ。楽しみにしているね〜☆』

まかされた私が選んだデート場所は、お台場メモリアルツリーだった。

ここはバレンタインが終わるまでキラキラ輝く巨大なイルミネーションを飾っている。一月も半ばを過ぎた平日の午後十一時だったので、人は少なめだった。

私はまたクレジットカードでキャッシングをしていた。たった一ヶ月分しかもらえなかった冬のボーナスは、ボーナス一括払いで買った品々の支払いで全部消えていた。それでも由紀哉に会いたくて、カードでお金を引っ張ってきた。もうすぐ限度額いっぱいになる。

でもお金がないなんてことは、カッコ悪いから、言えない。彼の前では大人の知的でリッチなお姉さんでいたかったから。

「懐《なつ》かしいな、ここ、去年も来たよ」

と由紀哉は言った。冷える夜だった。彼は長めのダッフルコートを着ていた。綺麗なブルーで、それが若い由紀哉にはよく似合った。

「誰と？」

私はその柔らかな素材にきゅ、と腕を回した。

「クリスマスの時に、彼女と。それから、お客さんとも一度、来たかな」

こんな大きいツリー、初めて見たよ。そう言って感動してもらいたかったのに……。

彼はもう、この場所を、知っていたのだ。

しかも、彼女……。聞き捨てならない発言だった。

「彼女がいるのに、カラダ売ってたの？　それで平気？」

「平気っていうか、彼女がいたから、カラダ売ってたようなもんだし」

「なにそれ、どういうこと？」

由紀哉は顔をしかめて私を見た。私達はツリーを、近くのショッピングモールのテラスから眺めていた。銀色のスチールフェンスを撫《な》でながら、彼は言った。

「すっごい、金がかかる彼女だったの。……もう、別れたんだけど」

友達の紹介で知り合った美人に、由紀哉は一目惚《ぼ》れしたのだという。けれどもその子は、彼にとってみれば高嶺《たかね》の花だった。

彼女は有名女子大に在籍しながら、レースクイーンの仕事もしていた。それだけに、やることなすことワガママでゼイタクだったという。

「ラブホには絶対泊まらなかったし、プレゼントもブランドばかり欲しがったし……」

バブル崩壊後の日本に、まだそんな高飛車な女が存在していたことにも驚いたが、一番の衝撃は、由紀哉が彼女を繋《つな》ぎ留めるために、身体《からだ》を売って金を作ったということだった。

　彼の手取りは一日二万。恋人が欲しがっていたグッチのバッグが十四万円。彼女が行きたがったお台場のホテル日航東京デラックスハーバービュールームは四万五千円。クリスマスイブのためだけに、彼は十回も、身売りしたという。

　車のローンのため、と言っていたけれど、彼がウリセンを始めた本当の理由は、こんなところにあったのだ。

「やっぱクリスマスシーズンじゃん。ゲイの客でもお台場のツリー見に行きたがる奴《やつ》がいてさ。そいつとツリー見ながらキスするじゃん。それからまたイブに彼女と来てツリー見て、キスするじゃん。なんか、結構複雑な気分だったよ」

（なんで？　なんで、そこまでしなくちゃならなかったの？）

　正直言って、その彼女に、頭に来ていた。

　本当に由紀哉が好きなら、駐車場係をしている彼の収入がいかほどのものか、理解してあげられるはずだ。ちょっと考えれば無理な額だとわかるはずなのに。

「賢者の贈りもの」という物語が頭をかすめた。お金がなかったから自分の褐色の髪を売って、夫へのプレゼントを買った妻の話。

　由紀哉は、身体を売って、彼女と過ごすイブの夜を手に入れた。

私は急に、泣きたくなった。そんなにそんなに、その女の子のことを、あなた、好きだったのね、と。

ねえ、由紀哉。彼女とは何度セックスしたの？

そのたびに、あなたは射精したの？

「なんで、別れちゃったの？」

「俺が、悪いの。すごい俺、心配性でさ、彼女に近寄ってくる男にいちいち嫉妬《しっと》してたら、ウザがられちゃって……。フられた」

肩を落とし気味の由紀哉が、思い出したくない過去を語っていく。

「なんで俺、こんなこと話してるんだろ？」

急に我に返ったように、由紀哉が私をじっと見る。

「私が知りたがったからでしょ」

「ううん、聞かれても、いつもはここまで喋《しゃべ》んないよ。咲希ちゃんには、何でも喋っちゃう。なんでかなあ」

由紀哉に私のほうから一歩近づいた。彼からはほとんど近寄ってはこないから。いつも、私から寄り添っていくしかない。

「なんでも、言って。なんでも知りたいから」

例えば先週彼が客とお互いにペニスを握り合い、十分ほどで達してしまったこと。先々週はアナルに指を入れられて、余りの痛さにすぐに勘弁してもらったこと。私は、彼の、一番人に知られたくない恥ずかしい部分を、たくさん、知ってしまっている。

「キス、しようよ」

私がせがむと、彼はちらっと辺りを見渡した。知っている人がいないか、チェックしているのかもしれなかった。

そして、あきらめたかのような表情を一瞬見せた後、私の唇に、唇を押しつけてきた。一瞬で、キスは、終わった。冷えた唇に、彼の唇の温《ぬく》もりが、染《し》み通っていった。

彼女に貢《みつ》ぐために、身体を売った由紀哉。そして由紀哉を、キャッシング限度額いっぱいまで借りて買っている私……。

ふたりとも、ぼろぼろで、すごくお似合いだ。

私が予約したのは、お台場の、そのホテル日航東京でもインターコンチネンタルホテルでもなかった。

東京ベイ有明ワシントンホテル。国際展示場のすぐそばの、横長の建物だ。ネットで見ていたらカップルで泊まって一万五千円、という激安プランがあったから……。

懐《ふところ》具合が心配で、近くのコンビニで、お金をおろした。由紀哉は店内で雑誌を読んで、のんびりと私と、私のお金を待っていた。

最後の千円札まで引き出すと、残高は四百五十二円になった。

これからどうやって生きていこう、給料日まではまだ間がある。今月もまたレディースローンなんだろうなと思うとため息が出た。

お金がないんだから由紀哉を買わなきゃいいのに。ガマンできない。セックスしたい。由紀哉と。

「いい部屋じゃん」

由紀哉がカーテンを開き、外を眺める。近くはお台場、遠くは都心の煌《きら》めく夜景が眩《まぶ》しかった。今夜は、キラキラしたものばかり見ている気がする。

由紀哉を、後ろから、抱きしめた。

「好き……」

そう呟《つぶや》いて、ぎゅ、と手のひらに力を入れる。彼のスーツの厚手の布地が、柔らかく指の腹に当たる。

「ねぇ私、本気で好きになっちゃうかもしれないよ……」

私は外を見つめたままの由紀哉の頬を両手で挟み、こちらを向けさせ、唇を吸った。

むちむちとしている、若い男のリップ。由紀哉の温かな息が、私の口の中に入ってくる。

由紀哉だ……。

キスをした途端、私の全身が、とろけそうになる。ずっと、こうしたかった。一週間ぶりに会う由紀哉。彼の唇にこうやって、思いきり、吸い付きたかった。

「ねえ、気持ちいいよ」

夢中になって、彼の口の中に舌を突っ込む。一瞬、由紀哉は唇を閉ざしかけた。でも無理矢理ねじ込んで、彼の舌を探り当て、ぐにぐに自分の舌を絡《から》め合わせる。

「はぁ……、気持ち、いい」

ため息が何度も出た。キスだけでこんなに気持ちがいいのだ。今夜、セックスできたらどれだけイッてしまうか、わからない。私は彼に抱きついて、腰をすりつけた。

「ねえ……なんで逃げるの。今、舌入れた時、少し、逃げたでしょ」

「ああ、あれは」

咲希ちゃんのせいじゃないよ。由紀哉が私の背中を撫でた。

「やっぱオヤジとディープキスするのは、やだからさ。逃げるのが、クセになっちゃって、咲希ちゃんとの時でも逃げちゃった。ごめん」

「ふぅん」

柔らかな由紀哉の舌も、ぷくぷくの唇も、ゲイのオヤジとの共有物なのだという現実を突きつけられ、少しだけ、私は不機嫌になった。

今日は残業を断った。そして事情を知っている同僚の綾乃と連れ立って銀座に出た。彼女おすすめの美容室でヘアセットとネイルをしてもらってきた。いつもより少し華やかに髪をカールしているということを、彼は気づいてくれているだろうか。

「ねぇ、今夜は本当の恋人同士みたいに、して」

彼の胸に、抱きつく。やせぎすな男の子が最近多いけれど、由紀哉はちょうどよくお肉があって、骨が当たらなくて、抱き心地がいい。

「そうだね。こんないい部屋に泊まってるんだし」

由紀哉も少し、乗り気のようだった。

「いつも咲希ちゃんとは歌舞伎町《かぶきちょう》のラブホでちょこちょこっと過ごしているだけだもんね。今夜はゆっくり……」

「うん」

私は由紀哉のシャツのボタンをひとつひとつ、外し始めた。薄い色の乳首が、すぐに現れた。

温かそうなピンクベージュのそれを、私は吸った。優しく乳頭を舌で撫でてあげた。全裸になって、ベッドになだれ込みながら、私はさりげなく彼の股間《こかん》をまさぐった。

(大きい……)

よかった、と少し、安心した。

初めて彼を買った時は、最悪だった。脱いだ時に、ペニスが小さいままだったのだ。ぺろんと右に曲がって垂れているおち○ち○を指差して、由紀哉は、

「フェラして!」

と命じてきた。

私はその、へろへろとしている肉片を含んだ。

その時、内心、淋《さび》しかった。今まで、それなりに男の人と寝てきたけれど、前戯の際から、皆、勃起《ぼっき》していたものだった。

この子は、私とは、したくないのかもしれない。こんな、七歳も上の女なんて、全然興味がないのかもしれない。仕事だから、しかたなくセックスしようとしているのかもしれない。

プライドが傷つけられた。同じウリセンボーイでも、ハジメは違った。彼は私とは八歳違いだったけれど、最初からビンビンで、

「ほら、見て」

と、ラブホテルのロゴが入ったバスローブの前をめくって、私に握らせてきたのを、まだ、昨日のことのように覚えている。

初めての日、由紀哉のモノを、いっぱいしゃぶった。けれども彼のペニスは弱々しくうなだれたまんまだった。

彼は、黙ったままだった。疲れて、私の方が口からそれをぽろん、と外し、

「ねえ……本当は、もっと大きくなるんでしょ?」

と尋ねた。

「当たり前だよ」

彼は少しぶっきらぼうにそう答えて、それから、

「ごめん。女の人とエッチするのって久しぶりで、だから、緊張してる」

と言った。

「女のお客さんって、いないの?」

「マスターが許可した女の人じゃないと入れないし、いても……大体飲むだけだったし、俺はあんまりエッチ系じゃないんだよね。飲んで騒ぎたい客に指名されるほうが多い」

由紀哉はそう言った。初めての夜、彼のペニスは、ちいさく萎《しぼ》んでいるまんまだった。挿入する以前の問題だった。

釈然としなくて、十日もたたないうちに、二度目の指名を入れた。晩秋で、新宿靖国通り沿いのイチョウが、街灯に真っ黄色に照らされていた夜だった。

その日は、ペニスは唇の刺激で、勃《た》つには勃った。

由紀哉のペニスは大きめで、幹幅も広かった。あぁ、これを挿《い》れたら、どんなに気持ちいいだろう。

けれども、二度目の夜の彼は、挿入直後に萎《な》えてしまった。最初は固くてもすぐにふにゃっとしてしまい、それを無理矢理押し込めようとしてくるので、蜜穴《みつあな》からこぼれ落ちてしまった。

それからも三～四回。私の前で、彼は萎縮《いしゅく》し続けている。

こちらとしては今日こそできるんじゃないか、と思って、女の意地で、三万円を投じてしまう。まるでパチンコ台に向かって、今度こそ出るんじゃないかと呟きながら玉を入れ足しているかのようだった。

勃起しないウリセンボーイにお金を払う価値などないのだから、とっとと見捨ててしまえば良いのに……。

綾乃に、思い切って由紀哉の話をしたら、

「そんな奴《やつ》、返品しちゃえばよかったのよ」

と笑った。一緒になって笑いながら、だけど、一度くらい由紀哉としたいなあ、とせつなくなった。

でも今夜は、期待できそうだった。

まだ舐《な》めてもいないうちから彼は勃起しているし、少し汗ばみ始めている。息もはぁはぁと、乱れ始めている。

私はうれしくて、彼のモノを握り続けた。

生まれたままの姿になって、ただお互いに抱き合っているだけで、由紀哉が興奮している。こんなことは、初めてだった。

「どんなお客さんに買われても、最初は絶対勃たないいんだ。なんでだろ。カッコ悪いよね」

握られたまま、由紀哉がぽつんと呟く。

「ううん……。それが、普通だよ。誰にでも勃っちゃうほうが、変だと思う」

私はいい子いい子するように、彼の肉亀頭《きとう》を撫で続けた。

ハジメみたいに、誰に対してもすぐにビンビンになってしまうような商売気のあるおち○ち○より、由紀哉のモノのほうが、よっぽど純粋で、可愛《かわい》らしい。

やっと彼は私に、心を開き始めているのかもしれない。だから、ペニスもむくむくと頭をもたげてきたのだろう。

由紀哉は巷《ちまた》の若い子より慎重で、肉体が先走ることがないのかもしれない。

「どんな人かわからないと、怖いし。急には好きになれないよ。俺、友達から恋人になるパターンが、ほとんどだし」

好きな人とじゃないとしたくない、と言う彼が、今、ペニスをぐいんと張らせている。それが嬉《うれ》しかった。

何度か体を重ねるうちに、大抵の男は、愛撫に手を抜き、セックスの時間は減っていく。けれども由紀哉はその逆だった。

最初は手をつなぐのも遠慮がちだったのが、次第に乳房にヒップにと手を伸ばしてくるようになり、私達が触れ合っている時間は、長くなってきている。

(今夜は、できるかも)

私は期待を込めて彼の肉根をぎゅう、と握った。由紀哉が負けじと私のヴァギナの入り口を探り当ててきた。ぬるぬるに濡《ぬ》れているのが、バレてしまったと思う。

恥ずかしかった。ずっとおあずけを食らってばかりで、私のアソコは、早くも由紀哉を欲しくて欲しくてたまらなくなってしまっている。

「あぁ、欲しい」

心をこめて、たっぷり、彼のモノを舐め続けると、ペニスは、これでもかというくらいに固くなった。

(こんなにスゴイの、持ってるんじゃない)

反り返っているモノを見て、私は、むずむずしてきた。

「由紀哉、私、由紀哉のコレが、欲しい」

昼ではもうおさまりきれないほどに大きく膨らんで、唾液《だえき》で光っているペニスを、私は摑《つか》んだ。ぬちょぬちょしているそれを、何度もこすり上げた。

「欲しい、欲しいよ」

「うん、俺も、入れたい」

由紀哉が体を起こし、私をベッドに押し倒した。そしてその上に、覆《おお》い被《かぶ》さってくる。

早く、と足を開いて、彼を招き入れた。少し、焦《あせ》っていた。こうしたちょっとした間にも、彼が萎えてしまうんじゃないかと、怖かった。私の中に押し込めてしまうまで、安心はできなかった。

「由紀哉……」

私は目を閉じて、待った。彼も、勃起したものを、捻《ねじ》り込んで来ようとした。

それなのに。

一瞬の、判断の狂いだった。固く尖《とが》ったペニスは、私の入り口よりも二センチほど上を突いてしまった。

「……」

慌《あわ》てて、態勢を、彼が立て直している。私は我が身が呪《のろ》わしかった。

下つきなんだね、と、何人かの男に言われたことがある。私のヴァギナは、普通の女の子よりも、やや奥まったところにあるらしかった。

そして、恐れていたことが起きた。やっと入り口を探り当てた亀頭には、もう、ツン、という硬度がなかった。ふわっと柔らかな肉頭に戻ってしまっていた。

(ああ、また今日も……？)

泣きそうになって、目を開けて彼を見た。由紀哉もあきらめきれないようで、自分で少し、シゴいているようだった。

由紀哉は、少しでも固くさせようと、自分のペニスの根元を握ったまま、突っ込んできた。

けれども、やっぱり、いつもと同じ。ううん、いつもよりも悪かった。中に潜ってきた時点で、もう彼のモノは、しおれていた。

入った瞬間だけでも、ごりり、という女壁をこすられるあの感触が、私を気持ちよくさせてくれていたのに。今夜はそれもない。

未練がましく何度か弱ったペニスを往復させてみたけれど、呆気《あっけ》なく、するん、と外れてしまった。

「……」

由紀哉は何も言わず、黙って、ベッドに仰向《あおむ》けになった。もうおしまい、ああ疲れた、という感じで。

今までは、ごめんねとか、おかしいななんで固くならないんだろう、などと言ってくるのに、何もない。目を閉じている。このまま寝てしまうんじゃないかと、不安になった。

「……ねぇ」

耐え切れなくて、私は声を上げた。これが恋人とかだったら、もう少し悠長に彼を見守ってあげられたと思う。

けれども私は、客だった。勃たない彼、セックス不能状態の彼に、料金を払わなくてはならないなんて、どうしても、納得がいかない。それに、とても惨《みじ》めだった。彼のペニスは「お前となんかヤりたくないんだよ」と、はっきり告げている。普通、裸の女を前にしたら、二十二歳だったらピンと元気になるはずなのだ。

私は、彼を奮い立たせることもできない、色気のない女。役に立たないのは、彼のペニスではない。私が、女として役に立たない難あり品なのだ。

欲情の対象ではないことにいやでも直面させられて傷ついた上に、私は三万円を彼に渡さないと帰れない。でも、店に文句を言うわけにはいかなかった。

ウリセンはただ、連れ出すということだけが条件であって、後のことは客とボーイの間の自由意思だ。だから、彼が挿入できなかったからといって、店にもちろん食ってかかるわけにもいかない。

「こんなこと聞いたらいけないのかもしれないけど」

どろどろした感情は、もう、止まらなかった。

「他の女の子とエッチする時は、ちゃんと最後までイくの？」

「……だから、前にも言ったじゃん。最近女の子とヤッてないんだ、って」

「じゃあ、前の彼女とは？　最後まで、できた？」

由紀哉は困ったような顔をして、

「……まあ、普通に」

と小さな声で答えた。

「じゃあ、私に何か原因がある？　私のアソコ、緩い？　私のこと、好きじゃない？」

「……そんなんじゃないってば」

「でも！」

目が潤《うる》んできた。頭の中に、ついさっきまですっくと伸びていた逞《たくま》しい肉の棒が浮かぶ。どうして、私は、あれを、入れてもらえないんだろう。

「目の前に、とても美味《おい》しそうなごちそうがあるのに、いざ食べようとすると、消えちゃうの。変なたとえで、悪いんだけど」

「いや、わかるよ、気持ちは」

大きく息を吐いて、由紀哉は言った。

「でも、私のこと嫌いじゃない？」

「嫌いじゃないよ。本当に嫌いだったら、チ○コ、ピクともしないと思うし」

「でも……」

由紀哉はうるさいな、というような険しい顔を一瞬、見せた。

「そんなに気になるんだったら、今度、試しに他の女の子とヤッて来てもいい？」

由紀哉が、若い女の子の上で、気持ちよさそうに腰を振っている様子が、頭に浮かぶ。女の子は、ギャル風で、長いストレートの茶髪と、薄手の茶色のワンピースを着ていた。ワンピースの裾《すそ》が大きくめくれ、剝《む》き出しの桃色の陰部に、由紀哉の真っ赤な肉の棒が出入りして……。

「……いやッ！」

思わず小さく叫んだ。実際のところ、由紀哉は誰か他の女の子と、私の知らないところでセックスしまくっているのかもしれない。でも、こうやって予告されるのは、イヤだった。

「ごめんね」

由紀哉が苦笑いをした。

「俺が不調のせいで、咲希ちゃんに悪い想像ばかりさせちゃって、すまないなあって思ってるよ」

「ううん」

彼はコンドームを外し、今日も中味に何も液が溜《た》まらず無意味だったそれを、ゴミ箱に捨てた。そして布団《ふとん》をかぶって、すぐに寝息を立て始めた。

朝、先に目が覚めたのは、私だった。部屋の中で半身を起こすと、切り忘れたBGMのクラシックピアノが小さな音色を奏《かな》でているのに気がついた。

真っ暗な部屋の中で、フットライトだけが、哀しく薄黄色く光っていた。

強烈な淋《さび》しさがこみ上げてきて、私はもう一度布団の中に潜り込み、彼の股間《こかん》を、なんとなく、未練がましく、まさぐってみる。

(……勃《た》ってる)

ぴん、と、イヤになるくらい、元気に張っている。朝立ちなんかしている気まぐれペニスを、つねりあげたくなった。

なによ、私にはふにゃふにゃなくせに。

悔しくなって、ぎゅ、と肉棒を握り、前後にシゴいてやると、さらに血が集まっていくらしく、苦しそうに幹が反っていく。

手探りだったけれど、ペニスが固く身を突っ張らせていくことが、触感でわかった。

私は、もうこれ以上待てなくなっていた。もうカチンカチンに千歳飴《ちとせあめ》のように、痛いくらいに固くなっている。

なんて、立派なの。ねえ、この立派なのを、私に、ちょうだい。

心の中でそう呟《つぶや》きながら彼の上に優しく跨《また》がった。由紀哉の身体《からだ》は意外と体温が高かった。

私は、ずっと欲しかった若幹を求めて、静かに腰を降ろした。お互いに裸にバスローブを羽織ったままで寝ていたので、事に及ぶのは、簡単だった。

「ああ……ッ」

私の中に満ちてきた肉の芯棒《しんぼう》に、思わず、声が出た。

ペニスとヴァギナを繋《つな》ぎ合わせること。カップルの誰もがしていることのはずなのに。ただ挿《い》れただけでこんなにも興奮している。それはずっと、おあずけを食らっていたから。

「あぁあ、由紀哉。由紀哉が、入ってくる……」

ゆるゆると腰を落としていると、不意に、前から両手が伸びてきた。そして私の腰骨の下辺りに手を添えると、下から上に、ずん、と腰を突き出してきた。

「あ、あぁッ！」

下半身に、震えるほどの快感が走った。由紀哉は、起きていたのだ。いつから気づいていたのだろう。まだ瞳《ひとみ》は閉じたままで、ゆったりと腰を波打たせてくる。

ぐぐ、と彼のモノが、奥の奥まで、入ってくる。

なんて、懐《なつ》かしい刺激。苦しいくらいに、彼のモノが、私の中に詰め詰めになっていく。

「由紀哉、奥まで、奥まで当たってる」

私は揺れに体を任せた。由紀哉の体が弾む。弾むたびに、私のアソコと彼のペニスがこすり合わされていく。

（ああ、セックスだ、これが、セックス）

うれしかった。ずっとこのまま、揺られていたかった。もう、すぐにでもエクスタシーを迎えられそうだった。

由紀哉の両手が私のバスローブを開いた。彼の大きな手のひらは、今度は、乳房をまさぐろうとしてきた。

「い……いや！」

たまらず、その手を振り払った。

七歳も上の体、熟れ始めてしまっていて、昔みたいな張りもなく、乳首の上向き加減も、若い子に比べたら、元気がない。

こんな体を、下から見上げたら、彼は、がっかりしてしまうことだろう。年上の女と付き合ったことがないと言っていた。いつも同い年や年下とばかり付き合ってきたと言っていた。

格好悪い私の胸を見られるのは、怖かった。だから、仰《の》け反《ぞ》るようにして、彼の手から、目線から、逃れた。

けれども次の瞬間、しまった、と悔やんだ。

私の蜜壺《みつつぼ》の中に、確かに存在していたしっかりと張っていた肉の棒……。その勢いが、みるみる失われていくのがわかったからだ。

（もうだめだ……）

涙が出そうになった。もうちょっと、私さえ逃げなければ、気持ちいいことが続いていたはずなのに。恥ずかしいからと彼を避けちゃって、バカなことをした。

自分から腰を浮かせて、何度か、彼のモノをアソコで挟み込むようにしながら、刺激してみる。ひょっとしたら元気を取り戻してはくれないか、と。

けれどもその逆で、魔法が解けて、カボチャの馬車の馬がネズミに戻る時のように、するすると彼のペニスは身を縮め、ぽろん、と、情けなくヴァギナからこぼれてしまった。

「……ごめんね」

なんで私があやまるの？　内心悔しさでいっぱいになりながら、でも、私は、あやまった。

「朝から襲っちゃったりして、ごめんなさい」

「いや、いいよ」

由紀哉と私の間に、どんどん気まずい流れが満ちていく気がした。彼ともっと近づきたいから、もっと親しくなりたいから、私は彼を買っている。裸の彼と重なっている。それなのに……。

彼の肉の棒一本のおかげで、こんなにも、二人の気持ちは、遠い。

「言い訳みたいで、いやなんだけどさぁ」

由紀哉が私を見上げたまま話しかけてくる。

「……なに？」

私は彼の上にまたがったまま、聞き返した。

「俺ね、ナマでセックスしてたんだ、いつも。だから、ナマでヤッたら、イけるかもしれないんだけど……」

ふざけないでよ。誰が、あなたなんかと？

ナマで？　セックスを？

頭がかぁっ、となった。

彼は、ウリセンボーイ。お客さんのペニスをゴムなしでしゃぶり、お客さんにペニスを直《じか》にしゃぶらせている。オジサンのディープキスは、臭くてイヤだ、と、いつも嘆いている。

「タバコとか酒の匂《にお》いはまだいいんだけどさ、年をとると、胃が悪くなるでしょ。腐ったような臭《にお》いがするんだよ」

そんな男と、ナマでセックスをしたら、どうなるか。私じゃなくても多くの女はひるむはずだ。頭の中に、ＨＩＶとか肝炎とかクラミジアとか、そうした感染症の名前が渦巻いている。

「彼女は……あなたがウリセンしていたってこと、知らないんでしょ。それなのに、ナマで、しちゃってたの？」

「大丈夫だってば」

由紀哉は全然悪いと思っていないようだった。

「ナマフェラで伝染《うつ》ってたら、それこそ日本中が、病気になってるって」

「でも……、私は、いや」

ハジメとも、由紀哉とも、セックスはもちろん、フェラチオの時ですら、私はゴムをつけていた。ディープキスはさすがにナマでしていたけれど。

ナマは、普通の男の人に対してだって抵抗があるのに、不特定多数の男と肌を触れ合わせているような由紀哉とゴムなしセックスだなんて。命がけだ、と思った。そして私は、命を張るほどには、彼を愛してはいない。

「私だって、ナマで、してみたいよ？　だけど……」

「いいよ。そんな、絶対ナマでさせてとか、そういう意味で言ってるわけじゃないから」

由紀哉は病気は大丈夫だとは思う、と繰り返した。三ヶ月前にエイズ検査に行ったけれど、異常なしだったし、と。

「俺はケツはやらないからさ。危ないのって、ナマでするアナルセックスだって聞いたけど？　俺のやってることなんて、可愛《かわい》いもんだよ」

私は由紀哉の別れた彼女のことを考えた。由紀哉が彼女とのセックスの合間にオジサマのお相手をもつとめていた、なんて知ったら、どのくらいショックを受けるだろうか。

美人でワガママだったという彼女のことを、少しだけ、ザマアミロ、と思ってしまう。

何も知らずに、オジサンにしゃぶられたばかりのペニスをしゃぶったり、そのペニスをヴァギナに受け入れてもいたのだろう。

由紀哉にブランド品ばかりねだっていた罰だ、と思った。タダで何かを買ってもらおうとして欲をかくと、ろくなことにはならないのよ。

不意に、由紀哉が言った。

「いつかは俺、店を辞めようと思ってるんだ。店辞めたら、ナマで咲希ちゃんとヤらせてもらおうかな。あ、それとも俺のこと、一〇〇パーセント信じては、もらえないかな」

意味深だな、と思って、突っ込んだ。

「店辞めても、私と……会ってくれるの？」

「もちろんだよ」

彼はにこっと、白い歯をこぼして笑った。

「そういう時って、お金は、どうなるの」

「いらないよ、金なんて」

初めて、彼からそんなセリフを聞いた。

「店辞めてもお客さんと会うの？」

「咲希ちゃんだけは、特別かな。もうすでに、客だなんて思ってないよ」

「お金、持っていっちゃうくせに」

「だってしょうがないじゃん。今は、客なんだし。客とボーイとして出会ったんだし」

「じゃあ、いつ、お店を辞めるの?」

「……」

途端、由紀哉は言葉に詰まった。先のことなんて、全然考えていないんだな、と思った。

「最近はあんまり売れなくなってきちゃったし、正直、あと一年ともたないと思うよ。でも」

でも……。

その後の言葉が、問題だった。

「咲希ちゃんが買ってくれている間は、俺、現役で、いようかな」

じゃあいつまでたっても私、客のまんまじゃん。一瞬、店を辞めて自由の身となった由紀哉と、タダで会っている自分に心を躍らせたのに。結局彼は、私からめいっぱいお金を吸い上げようとしている。彼の目的はお金。私とデートした後にもらえる、二枚の一万円札……。

ホテルを出て、ゆりかもめの駅に向かって二人で歩いた。そっと、腕を絡《から》ませる。

「私達、こうやって歩いたら、恋人同士に、見えるかなあ?」

「見えるんじゃん? 普通に」

「ほんとに? でも明らかに私のほうが年上だよ?」

「そういうカップル最近多いし、平気ッしょ」

人からは、カップルに見えるんだろうなとは思う。でも、私達は、まだ一度もセックスをやり遂げたことが、ない。

誰でもいいから。昨夜からずっとジンジンしているアソコが、あまりにも苦しくて、私の体が、音を上げ始めている。

お願い、誰でもいいから、私を、貫いて。めちゃめちゃに、突いて。イかせて。お願い。そうじゃないと、女であるというプライドがボロボロになりすぎていて、生きる自信が湧《わ》いてこなくなりそうだった。

どうすれば、いいのか——本当はわかっていた。

第2章

由紀哉じゃない男と寝ること。それは多分、そんなに難しいことではなかった。お金を出せば簡単にできることなのだから。由紀哉は週末しか店に出てこない。だから平日に、ウリセンバーに出向き、由紀哉じゃない男を、連れ出せばいい。多分、それだけのことだ。

彼と別れてその身体《からだ》で休日出勤で会社に行って、キーパンチをしながら、私の頭は、早く誰かとしたい、という事でいっぱいだった。

会社の人達は、綾乃以外は誰も、私が男を買っているなんて、知らない。挿《い》れてもらえなくて、買うたびに欲求不満を募らせる一方だということを、知らない。

とんでもないことに夢中になっているのかもしれない。静かで平和な社内にいるとそう思えてくる。だけど、もう、止まらない。

他の子だったら、立派に勃起《ぼっき》してくれて、私の中をぐんぐん掻《か》き回してくれる。多分、きっと。

（男は、由紀哉ばかりじゃないし）

そう思って、私は本当に決行した。私は〝お客様〟なのだ。買ったモノが思い通りにならないのだったら、他のモノを、買えば、いい。由紀哉ばかりにこだわるほうが、バカバカしい。

本当はただ、自分に自信がないだけだった。

ここまで勃起してもらえないと、本当に自分が女としてダメなんじゃないか、と不安で仕方がなかった。だから、どうしても、他の男の子とセックスをする必要があった。

――ダメなのは由紀哉でしょ。私はちゃんと、男をイかせることだって、できるんだから。

そんな風に、心の中で暴言を吐きながら、彼に胸を張って生きていきたかった。それが、挿れてもらえない女のプライドだという気がした。

水曜日の夜、店に足を踏み入れると、マスターがあれ、という顔をした。いまにも雪が降りそうな、二丁目のアスファルトから冷たい蒸気が噴き上がってくるかのような、寒い夜だった。

「由紀哉休みでしょ、知ってる。でもちょっと近くまで来たから、浮気しにきちゃった」

と言うと、ニヤッ、と彼は笑った。きっとこういう客は、少なくないのだろう。慣れた笑顔だった。

「いいじゃない。しちゃおうよ、浮気」

彼も調子を合わせてきた。客が男を買う回数が多ければ多いほど、店の儲《もう》けになるのだから、マスターには止める意思など、もちろん、ない。これはお買い物で、マスターは売り主なのだから。

カウンターに並んでいる男の子という名の商品の中には、由紀哉と親しい人もいることだろう。

そして彼らは、私がいつもは由紀哉を買っていることも知っているかもしれない。

誰か、告げ口するだろうか、由紀哉に。「この間、お前の客、他のヤツ買ってたよ」と。

それならそれでいい。勃《た》たない由紀哉が、全部悪い。

生理前だったせいもあり、私は苛立《いらだ》っていた。そしてヴァギナはムズムズしていた。

誰でもいいから、私の、ずっと慰めてもらっていない身体とそして心を包み込んでもらいたかった。

隅から隅まで、十数人の男の子達の顔を、じっと眺め回した。マスターがどう？という顔で、私を見る。

セックスって、難しいな、と思った。さっきまで誰でもいい、と思っていたのに、いざ対面してみると、一晩三万円を払ってもいいと思えるような男はいなかった。

「ちょっと、トイレ」

何も買わずに店を出るのには、勇気がいる。言い訳を考えながらトイレのドアを開けようとした。

トイレには、誰かが入っていて、ドアノブの上が、使用中を意味する赤色になっていた。

ウリセンバーのトイレは、男女共用だった。ニューハーフもオネエもゲイも来るこの店では、男女の境をつけることのほうが難しいのかもしれない。

「あッ、ごめんなさい」

ドアを開けて出てきた顔に、どきん、とした。綺麗《きれい》な男の子だった。きらきらした瞳《ひとみ》が、テレビのアイドルのように輝いていた。

「あなた、可愛いわね」

酔ったおじさんがホステスを口説いているのと同じように、私は彼に声をかけていた。

「え？」

一瞬彼はきょとんとしたけれどすぐに、

「ありがと」

と笑顔になった。目尻《めじり》にしわができるくらい、思いきり笑ってくれた。いいなあ、と思った。この子となら「できる」かも、と。

席に戻り、マスターにあの子がいいわ、と言った。

「うちのナンバーワンのヒデキよ。いつもは予約でいっぱいで店にいないんだけど、今日は珍しく出てきてるの」

「連れてきてよ」

あと一時間もすれば、私達はセックスするためにラブホテルに向かうことになるのだろう。

「だけど」

マスターが申し訳なさそうに私に耳打ちをした。

「あの子、ゲイなんだけど、いいのかしら?」

「……」

ゲイだから、セックスは、できないかもしれない。女に発情しないだろうから、ペニスも勃起しないかもしれない……。

八方塞《ふさ》がりのような気がして、私は俯《うつむ》いた。

「まぁ、でもお話だけでもしていったら?」

マスターは慰めるかのようにそう言ってヒデキを呼びつけた。恥ずかしくて、惨《みじ》めだった。まともにマスターの顔を見ることができなかった。

ゲイと聞いた途端顔を曇らせてしまったということで、私がセックスの相手を求めているのだ、ということがマスターにバレた。

きっと由紀哉では満足できない淫乱《いんらん》女だと思われているに違いない。

違うの、とマスターに泣きつきたかった。

由紀哉がセックスしてくれないの。だから私、さみしくて、他の子を探しに来たの、と。

ヒデキは当然のように私の隣に座って、ビールを頼んだ。ウリセンバーではこうやってカウンターでお互いに飲みながら、「商談」をする。由紀哉の時は、

「ゆっくりオフロにでも入りにいこ」

と、セックスを匂《にお》わせて誘った。

「オフロ、いいですね」

彼もすぐにノッてきた。あの時は、まさか彼が中折れするだなんて思いもよらなかった。私が今度こそはとしつこく彼を買い続けることになるとも、思ってもいなかった。

私はヤケになっていた。だからヒデキに、いきなり言った。

「あなた、女の子とセックス、したことある？」

ヒデキは、その甘い、大きな濡《ぬ》れた瞳からはちょっと想像ができないような、ハスキーな声をしていた。

いつもだったらちょっとイメージが違う、と、声だけで指名を取り下げたりもしたかもしれない。

けれどももう私は頭がかぁっとなっていて、声も何も関係なかった。

ただ、誰かに抱きしめられたかった。優しく抱きしめられながら、ずっと空っぽのままのヴァギナを、男の人だけが持っているモノで、埋めてもらいたかったのだ。

「女の子とエッチだなんて、考えたこともないけど」

ゲイのヒデキは少し迷いつつも、

「やってみれば、できるかも」

わりと前向きな発言を返してきた。だから少しだけ、気に入ってしまった。言い訳ばかりしていて全然射精できない由紀哉より、ゲイのヒデキとセックスしたほうがよっぽど、気持ちよくなれそうな気がした。

「じゃあ、試してみる？　私と」

私は少し、胸を反らした。でも、相手はゲイなのだから、おっぱいの膨らみには、何も思わないようだった。

「うん、いいよ。女の子と一生に一度くらい、やってみるのも、いいかもしれないね」

ヒデキは二十歳で、専業でここにいるのだという。家出をしてきて、店の寮に住みついており、もう半年目だそうだ。

寮は無料なのだが、そのかわり週に六日店に出ることが義務づけられている。だからヒデキは毎日毎日、ゲイに抱かれて生きている。

私達は手をつないで店を出た。靖国《やすくに》通りをラブホテル街に向かって歩いていたら、向こうから来た女の子達の集団が、皆、じろじろとヒデキを見た。

どう見てもヒデキはかなりカッコいい部類に入る。少しだけ得意だった。私は、今夜、この子の、女の子童貞を、いただいちゃうつもりなのだから。

コンビニでお買い物して行こうというから寄った。ヒデキがカゴに入れたのは、ビールでもおつまみでもなかった。冷蔵ケースに並んでいたティラミスと、紅茶のペットボトルだった。

「僕ね、甘いもの、大好き。自分でもケーキ焼いちゃったりするんだ」

嬉《うれ》しそうな彼の顔を見て、あぁ、この子は見かけはものすごくカッコいい男の子だけど、中味は女の子なんだなあ、と驚いた。

ゲイの男の子と一緒に行動するなんて初めてだったから、どう扱っていいのか、よくわからない。それなのに、この子と私は、セックスしようとしている。

見初《みそ》めたら即、ベッド。このウリセンのシステムに、私はまだ全然馴染《なじ》めていない。けれども、ファミリーマートを出て、花園神社の角を曲がると、ホテルはどんどん目の前に迫ってくる。

ヒデキが、

「ここに行きたい。できたばかりなんだけどゲイのカップルはフロントで断られちゃうんだ」

というところに入った。

中に入って、ヒデキは、これがしたかったんだ、と、大はしゃぎした。

それはバラ風呂《ぶろ》だった。ここのラブホテルは花屋と提携しているとかで、ルームサービスでバラの花びらを、入浴剤がわりに届けてくれる。

うれしそうに湯を張り、真っ赤な花びらをたっぷり散らばして、おいでおいでと私に手招きするヒデキは、これから女とセックスするオスの姿などしてはいなかった。仲良しの女友達と一緒に温泉旅行にでも来ているかのような、はしゃぎっぷりだった。

だから二人で全裸になっても全然色っぽい雰囲気にならない。それが悔しくて、バラの花を両手ですくっているヒデキに私は抱きつき、キスをした。湯に温まって、むうん、と花びらが香った。

「んッ」

女の子みたいな声を、彼が出す。

「ねえ、ゲイの人とエッチしている時って、どんな風にしているの？」

「僕はねぇ、受け身。お客さんにされるがままってことが、多いかな」

「じゃあ、あんまり自分からは、しないの？」

「しないしない。フェラも、よっぽど気分が乗らなきゃやらない」

「それでいいの？　お客さんは、許してくれる？」

「うん……。可愛《かわい》いからそこにいてくれるだけでいいよって言われる。だからベッドに仰向《あおむ》けになったまんま……しゃぶられたりとか、いじられたりとか……」

聞き比べて、私は由紀哉を可哀想《かわいそう》に思った。彼はナマフェラをしたり、お客さんの体を洗ってあげたり。結構奉仕させられている。

以前、ウリセンのマスターに聞いたことがある。特別な子が、時々出るのだ、と。恐ろしくルックスのいい子には、客の方がおそれおおくなって、何もできないのだ、と。勝手に神聖視して、性行為を強要するのをためらうのだ、と。

年に一人出るかどうかのスーパーボーイ、それがヒデキなのかもしれなかった。話を聞くと完全にマグロなのに、それでも客には喜ばれているのだから。

（でも……）

彼の唇を優しくふさぐ。

「んッ……」

また、少しワザとらしいほどの甘い声を出して、彼が、唇を吸い返してくる。

バスタブの中で、抱き合う。普通の男だったら、きっとここで、私に触れてくる。おっぱいを揉《も》んだり、アソコを探ったり、してくるだろう。

それなのに、ヒデキの指は、動かない。

ベッドに上がってからも、ヒデキは仰向けになって目を閉じたまま、何もしてこようとはしない。

「私が……するの？」

「ごめん、僕も、女の子初めてだし、どうしていいか、わかんないんだ」

ヒデキがすまなそうに言った。

「咲希ちゃんの好きなようにしていいから」

そんな風に言われて最初は戸惑った。私だって、自分から仕掛けたことはあんまりない。

でも、したい。

ヒデキの体は、日焼けマシンで焼いたというだけあって、冬だというのに、全身が黒かった。

全裸で紫外線を浴びていたから、ビキニパンツの跡もなにもなく、ペニスまでもが、薄茶色に染まっている。

彼のペニスはまだ、縮んだままだった。これから始まる女の子との交わりに、何にも期待していないかのように、小さい。

「ねえ、あたしたちエッチするのよ、わかってる?」

ムズムズする体を、彼の体に覆《おお》い被《かぶ》せていく。

「今日は、女の人を、好きになって。私に、興奮して」

同性愛者の男の子に対して、無茶なことを言っている気がした。でも、ヒデキだって、一度は試してみたいと言っているんだもの。

彼の上に乗り、乳首と乳首をすり合わせてみた。

「んン……ッ」

また、甘い声。ヒデキの乳首に触れてみる。焦《こ》げ茶の小さく締まった乳輪、薄茶色の、ペニスと同じ色の乳首。敏感な彼の突起は、ちょっとつねっただけで、すぐに固くなった。

「咲希ちゃん……上手だね」

気持ちいい、と、ヒデキがベッドの上で、目を細めている。

「なんだか、あなたが女で、私が男みたい。私が、あなたを襲ってるみたい」

そろそろと彼の股間《こかん》に手を伸ばしてみる。半分くらい、勃起《ぼっき》している。

決してすごい大きなサイズではないけれど、しっかりとした、芯《しん》が中に通っているかのような、気持ち良さそうな、ペニス。

「僕は、男の人とヤッてる時は、女役だもん」

ヒデキは、されるがままで、私がペニスを軽く握って、上下にこすってやっても、嫌がらない。

「ん……ッ、咲希ちゃんの指って柔らかくて、気持ちいい、咲希ちゃんの体もとってもやわらかい……」

そうか……と、改めて思った。本当に彼は、女の子としたことがなくて、肌触りから何から、すべて新鮮なのだな、と。ヒデキは遠慮がちに、

「僕も咲希ちゃんのアソコ……触っても、いい？」

と尋ねてきた。

ヒデキの指が、私の襞《ひだ》口の周りを、辿《たど》っていく。遠慮がちな優しい指使いに、私のほうがかえって恥ずかしくなる。

「なんか不思議な気持ち……」

ヒデキが甘えたような声を出した。私達は男と女で、お互いにお互いの性器を触り合っている。普通だったら、さあ繋《つな》がりましょう、という状態なのに。二人とも、なんだかおそるおそるだった。

ヒデキはおずおずと中指をヴァギナに差し込んでみて、うわあ、と呻《うめ》いた。

「女の子のアソコって、噂《うわさ》には聞いていたけど、本当に、小さいね」

僕のおち○ち○ですら、入るかどうか、心配になっちゃうよ、と、彼ははにかんでいる。

「大丈夫……。ゆっくり、しようね」

いつしか、私は、男の子を誘導している自分に、酔い始めていた。ヒデキの体がとても反応がいいから、楽しかった。

彼のひじも、ひざも、ももも、せなかも、いっぱいキスをしてあげた。お尻《しり》の肉は揉みながら、強く吸ってあげた。

「ああ……」

ヒデキが、蕩《とろ》けそうな声を、出してくる。目を閉じて、快楽に、うっとりとしている。

「咲希ちゃん……、僕、勃《た》ってるよ」

「触らせて」

後ろから彼を抱きしめたまま、前に手を回して、ぎゅ、とその膨らみを確かめる。

「ほんとだ」

かなり固くなり、ぴぃんと背を伸ばしている。

「舐《な》めてあげようか?」

「ううん、そんな、恥ずかしいよ」

ヒデキはいやいやするように首を横に振った。

「舐めてあげるわよ」

私は彼を仰向けにさせると、フェラチオを始めた。ゴムは、被させてもらったけれど。

「わ……女の子の舌って、あったかくて、柔らかい」

くすぐったい感じ、と、ヒデキは最初もじもじしていた。男同士ってそんなにも激しく舐め合うのかな、と思いながら、コリコリになるまで、彼のモノをしゃぶり上げた。

ヒデキは、はぁはぁ、と息を荒くしている。

「頭が……くらくらしてくる。ドキドキしてる。なんか、もう、わけわかんない」

「入れちゃっても、いい?」

「ウン」

私は、もう何も考えずに、ひたすらに貫かれたくて、ヒデキの上にすぐさま、乗った。

由紀哉の時には、下から裸を見上げられるのが、とてつもなく恥ずかしかったのに、ヒデキの時はそれほどでもなかった。彼が、あんまり女の体に関心がないから、かもしれなかった。

私はゆっくりと、腰を沈めていった。

ヒデキは私のことを好きでもないのに、勃起する。そして私とセックスができる。これって、ものすごく、矛盾していることだ。

だとしたら、ひょっとして、逆の矛盾も、あるんじゃないのだろうか。

ヒデキのペニスを、私の中に招き入れながら、私は由紀哉を一瞬だけ思い浮かべた。

由紀哉は「咲希ちゃんのことを好きなのに、いうことをきかないんだ」と挿《い》れた途端ふにゃふにゃになるペニスを指差してそう言っていた。それだってすっごく矛盾している。けれど、本当だったのかもしれない。

「ああ……」

ヒデキが生まれて初めての女肉の感触に、低く喘《あえ》いでいる。

「どう？　イヤじゃない？」

「うん……大丈夫」

私はヒデキを見下ろした。これこそがペニス本来の使用法なのに、彼は二十年間それを知らずに生きてきた。そして仕事でなければ、女と交わることなんて、考えもしなかったことだろう。

ヒデキの肉茎は、しっかり固くて、由紀哉のモノみたいに、力弱くなったりしない。すごく、嬉《うれ》しかった。

「動いちゃうわよ」

私はそろそろと腰を上げた。そして、腰を下ろす。

「ねえ、どう?」

「ウン……」

ヒデキは目を閉じ、懸命に快感に集中しようとしているようだった。

「いい、かも、しんない」

「ほんとに?」

私は調子に乗って、少しずつ、腰を速く上下させていく。

「うん……。柔らかいお肉に挟まれて……気持ちいい」

「ウン、私も。ヒデキのおち○ち○、固くて、すっごく、イイ」

腰を、浮かす。

そのたびに、全身がふわふわと天に舞っていきそうなくらいに、軽くなる。腰を、沈める。そのたびに、下半身にじわじわと快感が染《し》みわたり、体が崩れ落ちそうになる。

「あぁ、気持ちいい、私も」

腰を弾ませる。ヒデキは全然、動いてくれない。だから、自分で。

まるでオナニーをしているみたいだった。それでもなんでもよかった。

これは、セックス。男のモノを私の中に押し込めて、高まっていっているのだから、セックスだ。

何もかも、忘れてしまいたかった。由紀哉がインポだということも。毎週のように男を買いまくり、そのせいでレディースローンにまで手を出してしまったことも。派遣社員の仕事が、毎日単調でつまらないことも。全部、忘れられる。セックスって、すごい。

「ああ、ヒデキ」

「ああ、咲希ちゃん……」

ヒデキの上に倒れ込み、私は腰をひたすらに振った。

「ああ、入ってる」

「うん、入ってる」

二人で確認しながら、腰を揺する。ヒデキもやっと、身体を動かし始めていた。

「わぁあ、咲希ちゃん、出そう、出そうだよ」

「私も、私も、イきそう……ッ」

こりこりした可愛《かわい》いヒデキのペニスは、確実に私をエクスタシーに誘っていく。

「ねえ、セックスしてる、セックス」

夢中で、私は恥骨も、クリトリスも、それから、ヴァギナも、もう、何もかも、ぐりぐりと、ヒデキになすりつけた。

「あぁあ、すごい」

「すごい、すごい」

ふたりでそう囁《ささや》き合いながら、お互いに、肉をこすり合わせ、高まっていく。

「出ちゃう、ああ、出ちゃうよ」

「うん、いい、出していいよ……」

私のアソコの肉はもう、とろとろに熔《と》けていた。こんな状態になるのは、久しぶりだった。ひたすらに、体中が、快感に浸っていく。

「イクッ、イく」

ヒデキの腰が、何度もびくッ、びくッ、と、跳ねた。苦しそうな顔で、熱いどろりとした液を噴き上げたのが、コンドーム越しに、わかる。

「ああ……ッ、イく、私も、イく」

その熱さを子宮口に感じながら、私も跳んだ。随分長い間、辿《たど》り着くことができずにいた、桃色の世界に、跳んだ……。

ヒデキと別れて五分としないうちに、メールを着信した。

『咲希ちゃん さっきはほんっと、ありがと☆ 僕、本当にクセになっちゃいそうなくらい気持ち良かったYO！』

お礼メールを必ず送るように、と店からしつけられている、と由紀哉がぼやいていたけれど、ヒデキも、やはりすぐに送ってきた。

『でも僕、へたくそだったでしょ!? あんなんで咲希ちゃん、ちゃんと気持ちよくなれたかなあ？ 由紀哉はセックス上手なんでしょ？』

メールを見て、苦笑した。

ヒデキは、私と由紀哉が、セックスをしているものだと思い込んでいる。私が由紀哉に突かれて、アンアン言ってるものだと決めつけている。

『私もすッごく気持ちよかったよ～！　ヒデキくん、女の子とも全然大丈夫じゃん。また挑戦してみてネ☆　貴重な体験をさせてくれて、ありがとね』

由紀哉とはセックスしてないのとはヒデキには打ち明けてはいない。だけど昨夜ちょっとだけ、

「由紀哉、私のことが好きじゃないと思う。いつも冷たいの」

と、グチをこぼしておいた。

「キライなわけないでしょ。本当にイヤだったら指名断るよ。咲希ちゃんのことけっと好きだよ。だから由紀哉だって一緒にいるんでしょ」

ヒデキは一所懸命そう慰めてくれたけれど、私の気持ちは、結局、ヒデキとセックスしても、晴れないままだった。

ヒデキでは、私のもやもやを、消すことはできなかった。

いつのまに。どうしてなのだろう、私はただ、由紀哉だけを、求めていた。彼のおち○ち○じゃなければ、私を満たすことができないのだろうか。

私は昨夜ヒデキから聞いたショッキングな話を、思い出した。

聞かなければ、よかった。

ヒデキと由紀哉とで、３Pをしたことなんて……。

面白がってそれでそれで？　などと、尋ねすぎなければ、よかった。

ヒデキは私が面白がると思って、３P話を振ってきた。

「女の子って、結構ゲイのセックス、知りたがるよね」

などと目尻《じり》を下げて照れ笑いしながら、

「僕と由紀哉ね、３Pしちゃったんだよ。メガネのサラリーマンのオジサンに二人同時に指名されてさ。ウリセンって、時々、３Pしたいっていうお客さん、来るんだよ」

セックスの後、ビールを二人で飲みながらヒデキが言って来た時、私は普通の女の子のようにはしゃいで、

「やだぁ、それでどうなったの？」

などと突っ込んでしまった。ヒデキは少し得意そうに、

「ヤッたよ、三人で。お仕事だもん」

と答えた。

「でもね、由紀哉って、すっごく恥ずかしがって、アソコ隠しながらオフロ入ったりしてさ」

私の知らない由紀哉。客の前で、もじもじしている由紀哉。客のペニスをヒデキと

同時に舐め上げていた由紀哉。ヒデキにフェラチオをしている客のペニスをフェラチオして、男同士三人、つながっていた由紀哉。

見たこともない由紀哉の姿が次々に頭の中に浮かんできた。お金のためだったら、本当になんでもするんだと、涙が出てきた。

ウリセンボーイなんだからそれが仕事なのだって分かってるはずなのに。悔しかった。あんたにはプライドがないの？　となじりたくなった。

なぜ、こんなに感情が渦巻くのだろう。

ヤりたいのにヤれなかったセックスを、やっとヒデキとすることができた。ヒデキも喜んでくれたのに。

「女の子の中で発射する時って、なんかあったかくって、赤ちゃんになってオモラシしちゃってる時みたいだった。でも気持ちよかったぁ」

またしようよ、と、彼は微笑《ほほえ》んだ。

「うん、またしようね」

その時は調子を合わせたけれど、ヒデキともう二度とする気にはなれなかった。

せっかくセックスしてもらえる子を、見つけたのに。

私はもう誰にもスイッチできないくらいに、由紀哉に、のめりこんでしまっている？

家に帰ったらもう昼近かった。崩れ落ちるように寝て、それから起きたら、携帯にメールが入っていた。

由紀哉からだった。

『昨日、店行ったんだって⁉』

それだけが、入っていた。誰かがやはり、告げ口したのだろう。

こんなメール無視すればいいのに。無視できないほどに由紀哉には情がある。もう買ってあげないつもりだったのに、まだ、彼に会いたい。

『由紀哉いなかったから、ヒデキ買っちゃったんだ。ごめんね～』

それから何時間待っても、由紀哉からの返信は、なかった。切られた、と思ったのかもしれない。そしてそれは、自分が「不能」だからだと、きっと、感じていることだろう。

金づるが消えたことを惜しんでいるかもしれない。落ち目の由紀哉には、私くらいしか、定期的に買ってあげているお客さんはいなかったはずだ。

でもきっと、私という存在がいなくなったこと自体を恋しく思ったりは、しないのだろう。私からもらえるお金は好きでも、きっと私のことなんか、好きではないのだろうから。

由紀哉を深追いしても、傷つくだけだ。かといって、ヒデキのおとなしげな愛撫《あいぶ》で満足することもできない。

由紀哉がセックス、できれば、いいのに。そうすれば、何の問題もないのに。私はきっと、由紀哉の大きなペニスに酔いしれ、彼に狂って、毎週のように、何のためらいもなく、彼に三万円を握らせるのに。

あと一回だけ。あと三万円だけ。彼を試してみようか。いつでもその繰り返し。これからも、私は、未練と期待を、うじうじと抱き続けているだけなのだろうか。

でも由紀哉のことばかり考えていられるような状態ではなかった。

クレジットの返済日があと二週間後、レディースローンの返済が一ヶ月後に迫っている。それぞれ、二十万ずつ。合計、四十万。お給料を遥《はる》かに超える額だ。大して贅沢《ぜいたく》しているわけでもないのに、気づいたらこんな額になってしまっていた。

私は、働かなくてはならなかった。一緒に派遣社員しながらホステスしている綾乃の店で働こうとも思ったのだけれど、日給は一万円。それでは安すぎる、と思った。

綾乃は週に三回働いて、給料を全額ホストのツケの支払いにあてている。

「五ヶ月分割でいいって特別にローン組んでもらってるの。彼、私に風俗はさせられないって。ホステスでいなよって」

綾乃は誇らしそうにそう言っていた。大切にしてもらっている、という喜びがそこにはあった。

たちの悪いホストだと、ツケが払えなかったら風俗で稼いで来い、と言われることだってある。

けれど綾乃の担当ホストは、ホステスでもイヤだ、綾乃ちゃんが他の男と話をしているのはイヤなんだよとスネているという。

うらやましかった。

私のことなんて、誰も大事にしてはくれない。待っていてもくれない。だから私は自分ひとりで目一杯働くしかなかった。綾乃よりも高い日給の仕事内容もハードなところで。

借金を返し終えるまで、由紀哉を買えるかどうか、わからない。買ってる余裕なんてあるわけない、と頭では、わかっている。

だけど、彼に触れずにガマンし続けることができるか、私には自信がなかった。お金を返すために見つけてきた仕事はとてもキツそうで、時々は、由紀哉に慰めてもらわなければ、神経がもちそうになかった。

セクシーパブ。それが私の今夜からの職場だった。

セクシーパブというのは、ホステスがもっといやらしく発展したものらしい。三十分ごとに五分間のダウンタイムというものがあり、その時は、着ているトップスを脱いで、乳房をさらけ出さなくてはならない。

由紀哉には恥ずかしくて見せられなかったおっぱいだったが、そこは『年上のお姉さま』という店名で、客は皆、熟れ気味の乳房のほうが喜ぶから、と面接した従業員に説得されて、決心がついた。

そこは、時給四千円で、日払いだというのが魅力的だった。OL仕事が終わって午後七時から深夜の〇時まで働けば二万円が入る。一ヶ月に十日くらい働いて、二十万円。返済もぎりぎりどうにかなりそうな額だから、決めた。

身体《からだ》を売れば。最後までしてしまえば、きっともっと稼げる。それは、わかっていたけれど、勇気が出なかった。病気も怖いし、知らない男の人と密室でふたりきりになるのも、怖い。

そんな怖い仕事を由紀哉はしているのだ。すごいなあ、と、妙にリアルに感心できた。男の子とはいえ、きっと最初は怖かったに違いない。

私と初めてセックスした時、彼のペニスは縮こまったまま大きくならなかった。きっと、何が起きるかわからなくて、おびえていたのだ。急にあのいじわるペニスを、愛《いと》おしく思い出した。

由紀哉には、この仕事のことは、ナイショにするつもりだった。そんなことを知ったら、彼は私を恋愛対象としてみてはくれなくなってしまう気がしたから。私は由紀哉が身体を売っていても彼を好きだけど、彼は私が風俗嬢になっても私を好きになってくれるとは、思えなかった。

だけどしょうがない。他にどんな方法があるというのだろう。何の芸もない女が、短期間でお金を稼ぐとしたら、もう、いやらしい仕事しか、ないんだもの。

最後まで迷ったのは、ディープキスがあるということだった。客には四十代五十代もいるという。

オジサンと、ディープキスをしなくてはならない。それは、由紀哉と同じ辛《つら》さを味わうということなのだろう。彼はいつも、嘆いていた。

「オヤジの口は臭い。胃の中の匂《にお》いがする。金属の匂いもする。酒やヤニの匂いもする」

フェラチオよりもディープキスがイヤだと彼は言っていた。

私だってディープなんか、本当は、絶対、したくない。でもお金のためだからしかたがない。

由紀哉もこんな気持ちでお客さんと接しているのかなと思ったら、泣きたくなった。こんな引き気味な感情だとしたら、私のことなんか、何度会ったところで、好きになってくれるわけがない。

歌舞伎町《かぶきちよう》を夜の六時頃に歩くなんて、初めてのことだった。この時間帯は、まだ、通りを歩く人の姿が少ないのだな、と知った。

この街は、二次会三次会で人がなだれ込んでくるような、そんな、深夜の街、だったのだ。

コマ劇場の裏手の方に『年上のお姉さま』はある。急いでそこに向かおうとしていたら、誰かが、通りを急ぐ私の肩を叩《たた》いた。キャッチセールスだろう、と無視していたら、

「咲希ちゃん？」

と呼ばれた。

驚いて見ると、そこには懐《なつ》かしい顔が立っていた。

「ハジメ……！」

私からお金をいっぱい騙《だま》し取っていったハジメ。お客を騙しすぎて、ウリセンをク

ビになってしまったハジメがそこにいた。

「何してるの、こんなとこで」

彼は瘦《や》せていた。前から瘦せぎみだったのが、なおいっそう細くなって、頬骨が浮き出ていた。

「咲希ちゃんこそ」

「私、私は……」

もう、店は目の前だった。ビルの三階を指さし、

「私ね、今日から、あそこで、働くの。いろいろ事情があって……」

「あそこで？　咲希ちゃんが!?」

ハジメが言葉に詰まっている。胸が苦しくなって、これ以上、対面したくなかった。

「それじゃ、私、急ぐから」

エレベーターホールに向かって、私は駆けていった。三階に着いた時、メールの着信メロディーが鳴った。

ハジメからだった。

『頑張ってね～!!』

ただそれだけだった。だけど、嬉《うれ》しくて懐かしくて、それからこれから始まる惨《みじ》め

な時間を思って、瞳《ひとみ》に涙がいっぱい浮かんできた。

泣きそうになった途端、由紀哉のことを、思い出した。今日も、彼からメールがない。

彼からメールが来ない日は、なにか落ち着かなくて、そわそわイライラする。

ひょっとして、他の女の子と会ってるんじゃないのかな。それとも、私のメールなんかどうでもいいくらいの楽しいイベントでも、あるのかな。

ただの客の私は、一応、アドレスは知ってはいても、むやみに由紀哉にメールをすることが、できなかった。

彼女と一緒かもしれない。職場である病院の人と一緒かもしれない。家族が上京してきているかもしれない。友達が部屋にいるかもしれない……。

「私」という存在を知らない人達。「私」を紹介してはもらえないケースが、あまりにも多いことに、彼に好意を抱いて気づいた。

由紀哉は、身体を売っていることを、隠したい。由紀哉は、いつか、借金を返したら、私と過ごした時間を忘れて、生きていくのだろう。

私は、彼の、闇《やみ》の中の住人。彼が、少しの間迷い込んだ、暗い森の中に生息している女。生活のために、由紀哉は、私を抱く。そして由紀哉のペニスは、勃《た》たない。

無性に由紀哉にメールを書きたくなった。でも、何て書けばいいのだろう？

お金がなくなっちゃって、もうどうしようもないから、フーゾク、始めました。

そんなこと、言えない。彼のことを好きだからこそ、言えない……。

これからも、きっと私は由紀哉をいつものように、何事もないかのような顔で、買う。そしてお客のオジサンとディープキスした唇で、彼とキスをするのだろう。

由紀哉にメールを出したかった。知らない男の人に肌を触られる前に、彼に何か言いたかった。だけど、何も浮かばないままだった。

フーゾクで働けば、由紀哉の立場も気持ちも、もっとずっとわかるように、なるのだろうか？

「普通に一緒に飲んでくれていれば、いいからね。だけど、ダウンタイムの時だけ、思いっきりサービスしてあげて」

働き始めるにあたり、お店の人はそれくらいしかアドバイスをしてくれなかった。

指名です、とボーイに言われ、フロアに出て、驚いた。衝立《ついたて》で、ひとつひとつ、スペースを区切っていて、個室風の造りになっている。

てっきりソファと椅子《いす》でのサービスだと思っていたのに、個室の中には、コタツが置かれていた。

コタツ？

と思わず呟《つぶや》いた私に「近頃寒いからね。コタツ入れたらすごいお客さん増えたよ」とボーイがこともなげに言った。

身の危険を、感じた。テーブルと違い、コタツは、コタツ布団《ぶとん》に覆《おお》われている。中で、何をされても、外からは見えない。個室風なので、外からも、様子が見えにくい。

「……初めてなんだって？」

指名してきたのは、少し禿《は》げかかった、いやらしそうなオジサンだった。てかっている頬が、あんまりお金持ちじゃなさそうだった。どちらかというと田舎から上京してきて、歌舞伎町で遊んで帰ろうとしているような感じ。

「はい。何もわからないんですけど、よろしくお願いします」

私はそう言って、ビールを注《つ》いだ。

「普通でいいよ、普通で」

オジサンはそう言いながら、グラスを持っていない手で、コタツの中の私の膝《ひざ》を撫《な》で回してきた。

「色っぽいお姉ちゃんと一緒に飲めるだけで、うれしいんだからさ」

額に刻まれている皺《しわ》、耳元に吹きかけられる息、そして彼の手がするするとスカートの中に入ってくる。

「ダウンタイムまで、ガマンしてくださいね」

手を払いのけようとしても、オジサンは、

「見えてないし、大丈夫だよ」

と撫で回してくる。女の子を触り慣れているような手の動きだった。

「緊張してるねぇ。体の力を抜いて、もっと自然にしてて、いいんだよ」

その時、けたたましいダンスミュージックが流れてきた。タイミング悪く、三十分に一度のダウンタイムが始まってしまったらしかった。

店の中は一気に薄暗くなり、あちこちの衝立の向こうで、ごそごそと何かが始まっているのがわかった。

慌《あわ》てて、首の後ろで蝶《ちょう》結びになっている制服のワンピースの紐《ひも》を解いた。曲が始まったら脱ぐように言われていたのだ。はらり、と客の前に乳房が晒《さら》け出る。暗かったけれど、でも恥ずかしくて、おっぱいが、かあぁ、と火照《ほて》った。

できることなら、胸を隠し、洋服を着て、一刻も早くここを逃げ去りたかった。だけど逃げてもどうにもならない。

誰も私の借金を立て替えてなんかくれないし、誰も、そんな仕事止《や》めろとも言わない。生きるために、私はガマンしなくてはならないことが、またひとつ、増えたのだった。

「小ぶりで可愛《かわい》いね」

オジサンの手が伸びてきて、むにゅむにゅ、強く揉《も》んでくる。

唇も押し当てられてくる。

「あ……ッ」

由紀哉が言っていたほどには、イヤではなかった。オジサンの舌は、イソジンの香りがした。店に入る前に客はウガイを義務づけられている。だから、匂わなかったのかもしれない。

「あ……ぁ」

オジサンの舌は、くちゅりくちゅりと艶《なま》めかしく私の舌を摑《つか》まえに来る。震えた腰を摑まえ、彼は、私をコタツの中に、押し倒してきた。

「ダメ……！」

「ダメ？　ほんとに？」

オジサンは、私のお腹《なか》に、勃起《ぼっき》したペニスを、スラックスごしにすりつけてきた。

面接の時に、従業員に念を押されたことを、思い出した。

「本番すると、うちがつかまっちゃうからね。絶対、セックスだけは、してはダメ。挿れてこようとする客がいたら、逃げていいからね」

身を固くした。このオジサンは、勝手知らない新人ホステスを騙して、いやらしいことをしようとしているのではないだろうか。

「ちゃんと、座って遊びましょうよ」

彼をやんわり押し戻そうとした。

「いいんだよ。ほら、隣でも、すごいことしてるから、覗《のぞ》いてみな」

衝立の向こうを窺って、私はぞっ、とした。コタツの中に男女が寝転び、抱き合いながら、キスをしている。男の手がコタツの中で蠢《うごめ》いている。明らかにバストよりも下の部分に触れている。

「あふ……ン、ふッふ……」

女の喘《あえ》ぎが微《かす》かに聞こえる。男の指が、小刻みに女の体を刺激しているのが、わかる。

おそらく、ヴァギナまわりを触っているに違いない手つき。この店は、想像していたよりも、ずっとハードなところのようだった。

「可愛いね、心臓ドキドキさせちゃって」

オジサンが、私の乳房に手のひらを当てている。そして空いているほうの手で、パンティーをまさぐってくる。

「いや……ッ」

太ももをたまらず、締める。けれど、彼の手はヴァギナ目指して、潜り込んでくる。

「湿ってるじゃないか、ほら」

巧みに、蜜《みつ》泉を探り当てられる。

(だって、飢えてるから)

情けなくなった。この三ヶ月で、たった一度しか、セックスしていない。それは、ゲイのヒデキと無理矢理交わった時だけだ。

私の体は、こんなオジサンにまさぐられても、反応してしまうほどに、誰かに触れられることを、求めている。

「素直になっちゃったほうがいいよ」

オジサンはパンティーの脇《わき》から、指を滑らせてきた。

「どうして……」

私は吐息をはぁ、とついた。

「どうして、私なんかを、触りたいんですか？　もっと若い女の子を弄《いじ》れるお店だって、いっぱいあるのに？」

「若い子は、ドライだからねえ」

オジサンは私のおっぱいをチュ、と吸ってきた。

「三十になるかならないかの女の子のほうが、羞《は》じらいを知ってて、遊んでて楽しいんだよ」

それに新人さんは最高だよ。慣れてないから、普通の恋人同士のような気になるしね……。

店内は徐々に明るくなり、私は慌ててワンピースの布で、乳房を隠した。起きあがり、改めてビールを注ぎ直す。

オジサンは、一時間一万円を払い、この店に週に二回は女の子を触りに来るのだという。

「普通のキャバクラみたいな値段で女の子にタッチまでできちゃって、ここは最高だよ」

よいしょ、と起きあがり、オジサンは私に説明してくれた。オジサン達が安く遊んでいる分、私のお給料も安い。これだけ触りまくられて、時給はたったの四千円だ。

「美菜ちゃんだっけ。可愛いね。よく、濡《ぬ》れるし」

オジサンの指が、コタツの中で、つるつるとパンティーを脱がしにかかってくる。

ダウンタイムの時だけお触りがあると店の人は言っていたけれど、このオジサンは、触りっぱなしだ。ひょっとしたら他の客も皆、こんな感じなのだろうか。

剝《む》き出しになったヴァギナに、オジサンは指を、のんびりのんびり、出し入れさせてくる。私は、抵抗しなかった。

誰でもいい、私の、一番温かいところに、触れてほしかった。どうしてこんなに、私は男の人の指に、飢えているのだろう。

本当は由紀哉にいじってもらいたい。だけど由紀哉は必要最低限しかかまってはくれない。それがとても淋《さび》しくて、だからなおのこと、誰かと繫《つな》がりを持ちたくなってしまう。知り合ったばかりの、オジサンとでさえも。

オジサンは、とても上手に指を動かしてくる。ただ前後に揺らすだけでなく、くねくねと途中で指の腹を回す。すると、あちこち、イイところに、当たる。

「はぁ……ッ」

思わず息が漏れる。脚が、少しずつ、開いていってしまう。

「恥ずかしい」

体の力が脱けていって、オジサンにもたれかかってしまう。従業員が近くを通りかかったけれど、何も言わなかった。ただ、しなだれかかってしっぽり飲んでいるようにしか見えなかったのかもしれない。

「誰にもわからないさ」

くちゅちゅ……と、淫《みだ》らな音が鳴った。大勢の人がいるこのフロアで、とんでもないことを、私は、してしまっているのかもしれない。

「イきそう……」

オジサンにそう告げると、いいんだよ、と言って、いっそう艶めかしく指を回してくれた。

気持ちよすぎて、全身に鳥肌が立った。コタツの熱さえも感じないくらい、剝き出しの股間《こかん》が、痺《しび》れていた。

その晩は、他に数人の客のコタツに潜り込んだのだけれど、どの客も、似たり寄ったりだった。指を入れてきたのが二人、クリトリスを摘んできたのが二人。どさくさに紛れてセックスまでしようとしたのが、ひとり。

コタツ布団で覆われた下半身に対して、男達はやりたい放題だった。

私も、ダウンタイム以外にも、ペニスを握らされたり、口移しで酒を飲まされたり、さんざんいちゃいちゃさせられ、ひどく疲れた。

ずっと、触れ合いっぱなしでの数時間は、何キロもプールで泳いだ後の時に似て、体が重く、きつかった。

フラフラして日給の二万円を受け取った。これだけでは、由紀哉を買うことすらできない。彼は一晩三万円なのだから。

でももらったお金が二万でかえってよかった、とも思っていた。三万だと、気が大きくなって、その足で二丁目に向かってしまっていたかもしれない。

全身が重だるいのに、セックスをしていなかったせいで、下半身だけは充血して、熱を帯びたままになっている。

誰かと思いきり腰を打ち合わせて、気持ちよくなりたかった。でも私には、タダでエッチができるような相手すら、いない。

店を出たところで、携帯電話が鳴った。ハジメからだった。

「お疲れ」

「……どうしてわかったの?」

「そろそろ終わりかなと思って、店の前で、待ってたんだ。心配で」

慌てて通りの向こうを見た。コンビニの前で、ハジメが手を振っている。何もかもわかっているよ、というような、包み込むようなそれでいて少し哀《かな》しげな、笑顔と一緒に。

胸が熱くなった。昔のお客さんだった私がこんな風に落ちぶれているのが、気になったのだろうか。それとも、私のことを、少しは、好きでいてくれている……？

「俺、車で来てるから。送るよ」

ハジメは私の家を知っている。いっそそうしてもらおうかな、とも思った。

半年も連絡を絶っていたくせに、ハジメは実に自然に私の心に迫ってくる。甘えたくなって、私は携帯に呼びかけていた。

「セックスしたいの。こんな私でも、抱いてくれる？」

「こんな、なんて言うなよ。咲希ちゃんは咲希ちゃんだよ」

「……抱いてくれるの？」

「当たり前だよ」

やっぱり私は、ハジメを愛しているのかもしれない。どんなに騙《だま》されていても、彼が一番、耳触りのいい言葉を、私に聞かせてくれるから。

そう思った途端、あんまり聞きたくない言葉が舞い込んできた。

「もう俺、店辞めちゃったしさ。一晩二万円で、いいよ」

雨が降り始めていた。歌舞伎町の地下駐車場から、ハジメが車を出して、私はその助手席に腰を下ろした。寒くて冷たくなっていた耳たぶが、車の中で徐々に、温かみを取り戻していく。

バカなことをしている、と、惨《みじ》めだった。ハジメが乗ってきたのはベンツではなかった。黒の軽自動車に私を乗せてくれた。

車検が何十万円もかかったベンツはどこなのよ、となじりたくなったけれど、過去のことを責めても、もう仕方がない。きっとそんなの、お金ほしさのウソだったのだろう。

せっかく稼いだ日給の二万円を、私はそのまんま、ハジメに差し出していた。ハジメが待っていたのは、初めて風俗の仕事をして疲れ切った私ではない。私のお金だったのだ。

なんのために今夜ひとばん、知らないオジサン達に触られまくったのだろう。意味ないじゃん、と、自分自身で笑い出したくなった。

だけど、頑張った自分に、何かごほうびをあげたかった。誰もごほうびなんか私に買ってはくれない。自分で払うしかないのだもの。

ハジメは何度か、私の家に来たことがあった。ホテル代を払う余裕がない時、招き入れたことがあったのだ。その時はとても、彼を信用していた。けれども今夜、途中で寄ったコンビニで、私は信じられない光景を目にした。夜中だったけれど、酔った数人の客がおでんをちんたらと選んでいて、なかなかレジの順番が回ってきそうになかった。

ハジメは実にさりげなく、缶ビールを二つ、ジャケットのポケットに忍ばせた。そしておつまみを二、三品、ジャケットの中に、隠した。

「さ、行こうか」

「でも……」

「いいんだよ。トロいことしてる店が、悪いんだから」

自室で二人で飲んだ盗んだビールの味は、少し苦かった。

「俺さ、母子家庭で育ったんだ」

相変わらずハジメの顔は綺麗《きれい》で、まつげは女の子以上に長く、瞳《ひとみ》も大きかった。けれど、肉が落ちていて、空気が抜け始めている人形のように、肌がゆるんでいた。そして遠い目をしていた。

「母さん、男ができると俺のこと忘れちゃうらしくって。よく一週間くらい帰ってこなかった。冷蔵庫や戸棚の中探して必死で食いつないで」

大抵は食料が尽きる前に、母親が帰ってくる。けれども、時々恐怖の瞬間がやってきたという。

「何にも食べるものがなくなると、もうどうしようもなくて、盗んでくるしかなかった。だって死ぬより盗むほうが、いいでしょ。子どもだったし、働けないし。コンビニでもやったけど、一番やりやすかったのは、おばちゃんがひとりでやってるような小さい店。全然気づかれなかった」

小学校のころから盗むことイコール生き抜くことだったハジメ。彼にとって、コンビニで万引きすることも、私の財布から札を一枚抜くことも、大したことではなかったのだろう。

私は気づいていた。気づいていたけど気づきたくなかったから気づかないふりをしていた。ハジメと会った後は、時々お札が少なくなっていたこと……。

「風呂《ふろ》、借りてもいい？」

部屋に入るなり、彼がそう切り出してきた。

バスタブの中で、私がいつも使い慣れているラベンダーのバスオイルの香りを、ハジメと一緒に湯の中に漂いながら、嗅《か》いだ。

彼と一緒にオフロに入るなんて、半年ぶりだった。半年前は、キスしたり、互いの体をまさぐりながら、いやらしく浸かっていたけれど、今は、離れ気味で、他人っぽい。

改めて裸を見せつけられて、私は絶句した。

彼は、ひどく、痩《や》せていた。私と会っていない半年間で、いったい何が、あったのだろう?

体からごっそり肉がそげ落ちていた。腰骨の辺りは、触るとごりごりしていたし、肋骨《ろっこつ》の一本一本が、触れて数えられそうだった。

「どうしちゃったの」

「いやぁ、忙しくてさ」

ハジメは、力弱く笑った。

「ウリセン辞めたでしょ。その後、どうしようかな、と考えていたら、イベント会社している友達が拾ってくれて……」

クラブなどでパーティーを企画し、そのチケットの売り上げでしのいでいるのだという。

「そんなの儲《もう》かるの?」

と聞くと、

「まあ……渋谷でナンパした子に買ってもらったり、昔のお客さんにまとめ買いしてもらったりとか、してるし」

ハジメはおっとりと笑った。

「咲希ちゃんにも声をかけようかなと思ってたんだ」

やっぱり、結局、人の金で生きているのね、と泣きたくなった。

「でも、咲希ちゃんもいろいろあったんだね……」

ハジメが、目を潤《うる》ませている。すぐ感情が高ぶるところが、好きだった。だけど今、冷静な目で見ると、なんとなくわざとらしかった。

「つらいことがあったら、いつでも俺を呼びだしていいよ。今まで世話になったお礼、したいし」

「……ありがとう」

ハジメが私の濡《ぬ》れた髪を、愛《いと》おしげに、撫《な》でてくる。

「体、洗ってあげようか……?」

私は黙って、ハジメに背中を流してもらっていた。彼はものすごく、今夜は優しい。久しぶりに会ったからだけではないはずだった。きっと、セクシーパブで働き始めた私のことを、オイシイ存在だと思ってのことなのだろう。

彼にとって私からお金を持っていくことが「仕事」なのだ。だけど私も今夜は彼に一緒にいてもらいたかった。ひとりでいるのはいやだった。

「疲れた？」

「うん……いっぱい、触られちゃった」

「可哀想《かわいそう》に」

ハジメはいっぱい泡を立てた手のひらで、下乳房を優しく撫でてくる。

「どこまで、触られたの？」

「……おっぱいだけよ」

嘘《うそ》を、ついた。

本当はパンティーを脱がされ、クリトリスやヴァギナも指で弄《いじ》られてしまった。けれども、そんな話をしたくなかった。必要以上に自分を汚す必要はない。

「じゃあ、こっちは」

ハジメが下腹部を撫でてくる。

「それは禁止のお店だから」

「……そうなんだ」

よかった、と呟《つぶや》きながら、彼の手がヘアに伸びてくる。ヘアが泡だらけになる。襞《ひだ》にも彼の指が伸びてくる。

「ああ……」

思わず、ももをもじつかせてしまった。

「久しぶりだね」

くりくりくりくり、と、女芽を彼が摘んでくる。自然と、セックスする方向に、ムードが流れていっている。

ハジメは、私の体から泡を綺麗に洗い流し、バスタオルで丁寧に拭《ふ》いてくれた。そして、ベッドの上で、私の体を隅から隅まで、それこそ足の指から耳たぶの後ろまで、舐《な》めてくれた。

「ハジメ、ハジメ」

こんなにも、愛してくれている。たとえお金が目当てでも、ここまでしてくれる男なんて、他にいない。

「会いたかった。エッチ、したかった」

股間《こかん》に手を伸ばし、ペニスの温《ぬく》もりを探った。

懐《なつ》かしい輪郭だった。ほどよい張り、ほどよい太さ。私の体に馴染《なじ》んでいたこの棒は、また中に入りたくて、うずうずとその身を大きくさせている。

「熔《と》けちゃいそうだよ。入れられたら、本当に、熔けちゃうよ」

ハジメが身体《からだ》中を愛撫《あいぶ》してくれたおかげで、半年間離れていたことも、彼にお金を騙し取られていたことも、すべて、どうでもよくなってしまっていた。

「入れて、入れて」

私は大きく脚を開いた。ハジメにならどんなに大胆なポーズをとっても、恥ずかしくないと思った。

ハジメとは、いつも正常位ばかりだった。今夜もそうするつもりで、彼が上に乗り、私の中に突っ込んで来ようとしている。

なのに……。

しばらく、間があった。どうしたのだろう、と薄目を開けたら、ハジメが、必死の形相で、ペニスをシゴいていた。

「ごめん、少し、緊張しているみたいで」

私の視線に気づいて、ハジメははにかんだ。けれど、私は、血の気が引いた。

ハジメまでもが、萎《な》えてしまったの？

けれども、心配するほどではなかった。すぐにハジメのペニスは元気を盛り返し、ぐりぐり、と、勢いよくヴァギナの中に潜ってきた。

「ああ……ッ」

さきほど一瞬勃《た》ちが悪いかのように見えたけれど、そんなことが嘘のように、彼の幹は張っている。

「お願い、やめないで、やめないで」

私は祈るように呟きながら、腰を振った。

「咲希ちゃんがイくまでやめないから、大丈夫だよ」

ハジメは低い声で優しく、調子を合わせてくる。

私は怖かった。

ひょっとして、ハジメも、由紀哉みたいに途中で小さくなってしまったら……。私は女としての自信を失ってしまう。

セクシーパブでは、射精は禁止だった。でも今夜だけでこっそり二人の男が、コタツの中で白いどろりとした液をティッシュの上に出した。

その液体を見て、なんだか、自分が生きていてもいい、生きている価値がある、という気がして、ひどくほっとした。

だから、ハジメがすぐ回復してくれていることも、ピストンを盛んに繰り返してくれていることも、嬉《うれ》しかった。

懐かしい、彼のリズム。少しゆっくりめで、すごく、深くて。私はハジメのこの動きが、大好きだった。

「あぁ……すごい、ハジメ」

腰を、揺する。彼の動きを、体が覚えている。

「すぐ、イく、イきそう」

強く、弱く、浅く、深く……。巧みな彼の突きに、私の全身がふわあッ、と浮き上がっていく。いつも、ハジメはこうやって天国に連れていってくれていた。

「ああ〜ッ、気持ちいい、イくぅ、イっくぅ！」

私の腰が、びくッ、びくッ、と、痙攣《けいれん》した。ハジメのペニスの先から、どろりとしたものが放出されたことを、その熱で、私は知っていた。

ハジメは、結局、二回もしてくれた。ずっと飢えていたし、セクシーパブのお客さんに撫で回されて身体中がジンジンしていたので、二回もしてくれて、本当にありがたかった。

ウリセンをしていた頃、ハジメは決して二回はしてくれようとはしなかった。

「明日も客の予約が入ってるから」

というのが理由だった。明日の客に飛ばす精子のために、残しておかなくちゃならないから、と言われた。

それでも私はガマンしていた。だってハジメは身体を売って生きていたのだし、私は客だったのだから。彼を買い占められるほどのお金もなかったし。ハジメを毎日は買ってあげられないのだから、何人かの客と、ハジメをシェアしなくてはならないのは、しかたのないことだった。

ハジメは私の部屋に泊まっていった。そして翌朝目を覚ますと、

「ドライブ行こう」

と誘ってきた。それには、理由があった。

ハジメは、ドライブの最中に、用件を切り出してきた。

銀座で昼飯でも食べよう。美味《おい》しいウナギ屋を見つけたんだ。俺が御馳走《ごちそう》するよ、精をつけてもらわなくちゃ、というので、私もついていってしまった。

世田谷から都心に向かうのに、なぜか彼は首都高に乗った。こっちのほうが早いから、と言った。高速料金は、私が千円札で払った。当然のような顔で、彼はおつりの小銭を自分のポケットにしまい込んだ。

いつも、絶対に金を出さないハジメ。でも、何度も、繰り返されると、それが残《ざん》

虐《ぎゃく》な快感となっていく。

このまま、ヨリを戻しちゃおうか、とも思った。

一晩二万でいいのなら、由紀哉より一万円も安い。それでいてハジメには立派に使えるペニスもある。ものすごくオトクだ。

でも、車中で切り出された用件に、私はがっかりした。

「パーティーチケット、できれば何枚か買ってくれないかな。今月ノルマきつくてさ……」

結局二万では済まないのだ。私はため息をついた。この男は、全然変わっていない。人がセクシーパブで働くくらい金に困っているというのに、ちっともそれを思いやってくれない。

「私、クラブとか、好きじゃないから」

断ろうとすると、

「それじゃ海外コスメとか、ビタミンサプリメントとか興味ない？　実は、そっちの販売もやってるんだ」

と食いついてきた。

「いつも決まったのを使ってるから、いらないわ」

きっぱり断ると、彼の指先が震え始めた。最初は、怒りのせいなのかな、と思ったが、いつまでも震えている。そして彼は、くるりと顔をこちらに向けた。

顔面蒼白《そうはく》の、痩《や》せこけた彼は、虚《うつ》ろな目で、

「金がいるんだよ」

と言ってきた。

「金がいるんだ。もうちょっと、なんとかしてもらえないかなあ……」

うわごとのように、そう繰り返そうとしている。

「前ッ、前、見てよッ！」

私は慌《あわ》てて叫んだ。ハジメはハッ、として前を見た。目の前に、トラックがグングン近づいてくる。

「危ないッ、どうするの、ねえ、どうするの？」

半狂乱に、なりかけた。

ハジメの断続的なブレーキと、後続が迫っていることを察知したトラックが左車線に避けてくれたこととで、事故は避けられた。

「やだ、怖い。高速なんだからね、ちゃんと運転してよ」

「咲希ちゃんが、ちゃんと話、聞いてくれないから」

ハジメが不満そうな声を漏らした。

「ね、化粧品かサプリ、どっちかでいいから、買って？」

「だから。私、お金無いから……」

「買ってくれないの!?」

彼が今度はハンドルから両手を離した。悪夢を見ているかのようだった。ハジメは呟くように、

「俺、ウリセンから足抜けして、今、必死で頑張ってるんだからさ。ちょっとくらい、いいじゃん、ねえ」

「やめて……ねえ、ほんとに止《や》めて！　運転、してッ！」

幸い、前方には車はいなかった。けれども左には併走している大きなトラックがいた。ほんの少しでもハジメが軌道をずらしたら、こんな軽自動車、木《こ》っ端《ぱ》微《み》塵《じん》になっていたかもしれない。

私の膝《ひざ》が、がくがくと震えている。

「ごめんね。二日くらい眠ってないから、ちょっと、ぼうっとしてるみたいだ」

「そんな時に運転しちゃ、ダメよ」

「さっきまでは元気だったんだけどなあ。おとといなんて、ベンツで高速二百キロ出

して箱根に行ってきたんだよ。超早く着いた」

なんだか、言動がおかしい気がした。

寝ていない。

痩せている。

指先が震えている。

お金を欲しがっている……。

これだけヒントが揃《そろ》えば、私にだって、想像がつく。

「ハジメ、あなた、クスリ……。やってんじゃない？」

「え？　やってないよ」

すぐに否定した後で、

「……どうしてそう思った？」

と彼は心配げに尋ねてきた。絶対にやってるんだ、と、身体中が寒くなるような冷気に、襲われた。いつから？　いつからなのだろう。まさか、私と付き合ってる頃も……!?

「クスリだけは、やらないよ。俺、ボロボロになっていった友達、何人も見てるもん」

友達が入手ルートだったんだろうか。私はそう推測して、哀《かな》しくなった。ハジメがいくらいろ言い訳を並べ立てても、信じてあげることは、できなかった。

首都高を出て、銀座の地下駐車場にハジメが車を停めたところで、

「私、急ぎの仕事を思い出しちゃった。悪いけど、帰る」

と車のドアを開けようとした。

「ちょ、ちょっと待ってよ」

大慌てで、ハジメが私の腕を摑《つか》んだ。

「……なに?」

「ごめん。ほんと、ヤバイんだ。金、いるんだ」

「ヤバイって、何が?」

「いろいろ……支払いとか、大変で」

「支払いって、何の支払い?」

まだ、膝が震えていた。

助かったのだ。

そう思っていた。今、生きてここにいることが、不思議な感じだった。高速道路で命を落としていても、不思議はなかった。

こんな目に遭わせたことを詫《わ》びもしないで、ハジメは、金、金、としつこかった。そんな彼が、怖かった。

「幾らいるの？」

「幾らでもいいんだ。ヤバイんだ、マジで。怖いところから借金しちゃってさ」

怖いところってどこ？　借用書を見せて？　きっとそう言ったところで、とぼけられてしまうだろう。きっとそんな借金話も、嘘《うそ》なんだろうなと思った。

「家賃の支払いも迫ってるし。頼む。助けて」

真剣な表情のハジメ。昔はその怖いくらいに綺麗《きれい》な顔に騙《だま》されて、お金を握らせてしまっていたけれど、今はただの、ちょっとルックスのいい乞食《こじき》にしか見えない。

冬だというのに、彼は去年と同じ、膝やももに穴が開いているよれよれのジーンズを穿《は》いている。白かったはずのナイキのシューズは黒ずんでいた。

洋服にもお金をかけられないほど、彼は一体、何に使い込んでしまっているのか。

麻薬……!?

疑惑は、どうしても、晴れなかった。きっとそうなのだろうな、と暗澹《あんたん》たる気持ちになった。

「私……今、ほんとにお金、ないの、ほら」

財布を開けた。今週の生活費としての八千円が入っている。

「それでもすごく助かるよ。マジヤバイんだ」

ハジメが両手を出す。金を渡さないと外には出してもらえなそうな気配だった。

もうどうにでもなれ、と私は八枚の千円札を放り投げた。車のシートに散らばった
それを、ハジメが慌てて拾い集めている。

その隙《すき》に、私はドアを開けて、逃げた。もう、二度と彼に関わる気には、なれなかった。


金を手に入れた途端、ハジメは、また私にまめまめしくメールをしてくるようになった。

『今日は店!? 出勤の時は教えてよ。また送ってあげるから♪』

親切そうなメール。でも、その裏はこうなのだ。

『出勤の時は教えろよ!! また、金をもらいに行くからな』

ハジメと体の相性はいいことは分かっている。けれども……。

何かが、違う。

由紀哉。

心の中で、彼の名を呼んだ。

どうして、あの、言うことをきかない憎らしいペニスを、こんなに求めてしまうんだろう?

結局、ヒデキも、ハジメも、私を完全に満足させてはくれなかった……。

それからは、私は、しばらく何もかも忘れて、いやらしい仕事をこなしていかなくてはならなかった。

私はただひたすらに、オジサン達とコタツに横たわっては、おっぱいを揉《も》まれ、アソコを弄《いじ》られ、唾液《だえき》をいっぱい塗りたくられるようなキスをし続けた。

ローンを返すまで、絶対にどの男にも金を渡さず、二ヶ月ほどがっちりと働いて貯《た》めて、一気に四十万円返済し、人生にリセットをかけるつもりでいたのに……。

少し、お財布が潤《うるお》うようになったら、すぐに、由紀哉が恋しくなった。

由紀哉からは、この間、久しぶりにメールが来た。この二週間、彼を買っていないけれど、彼は店に出る日に、私にメールをしてきた。

『こんばんわ~☆　これから出勤です。がんばってきまーす!』

こんなメール、裏を返せば、

『今日は店に出てるんだから、そろそろ買ってくんない?』

という要求でしかない。由紀哉は、私を、ただの客としか見ていない。

前に一度、電話をかけてきて、とせがんだことがあった。その時も、

「他のボーイは電話営業やってるみたいだけど、俺は、気が引けちゃうんだよね。こっちから店に来てくださいよってせがむのって浅ましいよ。本当に来たかったら、客のほうからリピートしてくると思うもん」

と言われた。

そんなんじゃないのに。ものすごく、哀しかった。営業してほしいわけじゃなかった。

ただ、普通に、友達のように、元気？　と語りかけてほしいだけなのに……。

私達の間には、人間関係なんて、なかった。ただ、客だから彼とつながっているだけ。私にお金がなくなれば、もう、それで終わってしまう幻の親しさなのだ。

冷たい由紀哉……。

私は何度彼にねだったことだろう。

「ねえ……由紀哉。私と恋愛しようよ。私達、うまくいくと思うもん」

「恋愛……してるじゃん」

由紀哉は、そういう話の時は、いつも私の顔を見てくれなかった。駅の雑踏を見つ

めながら、答えている。

「咲希ちゃんと会ってる時は、俺、いつだって恋愛気分だよ」

「会うたび三万円もお金がかかるのに？　こんなにお金がかかるのに、恋愛だなんて、言える？」

　哀しい声でそう問い詰めると、由紀哉は、黙ってしまった。

第3章

最近の私は、脱力感をずっと抱き続けている。

勃《た》たない由紀哉をこれからも買い続けてあげる自信を、失い始めていた。

やることはやり尽くした気がする。だけど、由紀哉は勃たない。まだ二十二歳にして、彼のペニスはいうことをきかない。

それでもあなたが好きよと言ってしまった自分は、甘いんじゃないか。客だったら、もっと、堂々とクレームつけてもよかったんじゃないだろうか。

だけど、できない。本当は、意地悪、言いたいのに。

「今度セックスできなかったら返金してよね」

だなんて、可哀想《かわいそう》で、言えない。

セックス目的で買っているのに、してもらえない。

自分が惨《みじ》めすぎて、由紀哉にはもう、当分、会いたくなかった。

「自然でいいじゃん」

ただの恋人になりたいな。そう私が訴えるたびに、由紀哉はこう答えていた。

「いちいち線を引くのって、なんか変だよ。自然にお客さんから恋人にスライドしていけば、いいんじゃないの？」

そして彼は、いつも言っていることを、繰り返す。

「俺も、もう、店に出るの、長くないと思うからさ。そしたらさ、普通に会えるしさ」

「いつ、辞めるの？」

「……あと、一年はいないと思うよ」

その間、ずっと私はあなたにお金を払い続けなくちゃならないのね。セックスはしてもらえないわ、お金は払うわで、いいことなんか、何もないじゃない。

いろいろ考えてしまって私からはメールできずにいたのに。由紀哉は何もなかったかのように、次の出勤日にも、メールをくれた。

『咲希ちゃん元気してる～!?　由紀哉は元気してるよ！　今日は出勤だよ。じゃあまたね』

当たり障《さわ》りのない、一〇〇パーセント営業のその態度が気に入らなくて無視した。一度でいいから、タダで会ってみたい。その願いすらも「店にバレたら叱《しか》られるから」と叶《かな》えてはもらえない。

営業なんか、されたくはなかった。本気で「会いたいよ」と言って欲しかった。オトナのお遊びのはずのウリセン買いのはずなのに、私は本気になってしまっていた。ハジメの時のように。

心も体も満たされない。こんな不毛な関係と縁を切りたい。だけど、私には今、由紀哉しかいない。ひとりぼっちになるのは、いや……。

そんな時にメールの着信があった。由紀哉かと重い気持ちで携帯のウィンドウを覗《のぞ》くと、そこには、『ハジメ』と出ていた。

『近くまで来てるからメールしてみた。今なにしてますか～?』

のんびりした口調の彼のメール。ただのご機嫌うかがいのメールなのに、なぜか、心に沁《し》みた。

『うちに、来る?』

思わず、そうメールを打った。ハジメからは一時間以内に行くよ、と返信があった。

昨日まで生理だった。セクシーパブのバイトも数日行っていなかったから、お金がなかった。銀行に引き出しに行ったけれど、残高は八百円しかなかった。

仕方なく、返済したばかりのカードローンで、また三万円を引っ張る。多く持っているときっと狙《ねら》われてしまうから、あらかじめちょっとだけしか引き出さなかった。

「いやー、寒いね、今日は」

ハジメは私の部屋に上がり込むなり、ヒーターのすぐそばにごろんと横になった。

二週間ぶりに会う彼は、まだ痩《や》せぎすで、破れたジーンズを穿いていた。

この間、高速道路で恐い目に遭ったばかりだというのに、私は淋《さび》しさからまたハジメの肌を欲していた。誰かに抱かれて、甘えたかった。

でも今日はクスリをしていないのかもしれなかった。落ち着いた表情をしている。クスリをしているなんて、私の気のせいならばいいけれど、と思った。

「この近くで、何をしていたの？」

「ん、ちょっと用事があってさ。俺、今、イベントの仕事してるじゃん？　チラシとか作っててさ。置かせてもらえそうなお店とか探したりしてて」

彼は百円ショップで売っているような透明の書類ケースから何枚かチラシを出してきた。来月行われるクラブイベントのチラシで、サイケな模様の中に黒々とした文字で告知をしている。

「マック買いたくてさ。やっぱデザインするならマックだよね。俺、この勢いでデザイナーになりたいし。そしたらマックは必要だよね」

はらり、とさりげなく私の膝《ひざ》の前に、大型電気店のチラシが置かれた。十九万八千円という赤文字が、躍っている。

「今は二十万でフルセット買えるし。安くなったよね、マックも」

……買ってくれ、と言っているらしかった。冗談じゃない、と思った。

ハジメは、私が他のウリセンボーイを買い始めたことを、知らない。まだ私が、ハジメに気がある、と思い上がっている。

(あなたの知らないところで、私は二人の男の子とエッチしちゃったのよ)

そう告げたら、彼はどんな顔を、するだろうか。

「咲希ちゃんは、いつでも、あったかいね」

ハジメが私の膝の上に頭を乗せて、甘えてきた。今までは、決してそんなことをしなかったのに。

すぐ近くに、お人形のような端正な顔立ちの彼がいる。だいぶ痩せたとはいえ、やはり綺麗《きれい》な男だった。顔を近づけて、キスをした。

「咲希ちゃ〜ん」

ハジメは甘えて、スカートの中に、顔を突っ込んできた。

「だめ……」

シャワーも浴びていないのに、彼はいそいそと私のパンティーを脱がし、指で、クリトリスを弄ってくる。

どのくらいの強さで摘めば、私の腰が快感で震えるか、彼は、知っている。そしてどんな風にヨがらせれば私の財布が緩むかということも。

「ああ……ハジメ」

気持ち良かった。ハジメに触れられると、何もかも忘れてしまうくらいの歓びが溢《あふ》れてくる。彼の指が一番大事な部分に触れる。たちまち、ぴちゅるぴちゅる、と蜜壺《みつつぼ》が鳴る。

「ああ……ッ」

仰向《あおむ》けに絨毯《じゅうたん》の上に倒れた私の上に、ハジメが乗ってきた。

ずりゅ、という艶《なま》めかしい音と共に、彼のモノが滑り込んでくる。

「ああ……もう、繋《つな》がっちゃってる」

あっという間に、ハジメが挿入《はい》ってきていた。

「気持ちいいよ、咲希ちゃん」

「ハジメ……」

自然と腰が前後に振れる。

「ハジメ、ハジメ」

彼の名前を繰り返し呼んだ。

「咲希ちゃん、愛してるよ」

ハジメが強く、腰を打ちつけてくる。お金のない怒り、新しいジーンズさえ買えない恥、マックさえ持っていればどうにかなりそうな期待。

そういうものを全《すべ》て込めて、彼はペニスを押し込んでくる。

だから、金を、寄越せ、と。そう呼びかけているかのように、リズミカルに、突いてくる。

「ああ……もう」

彼がここに来た理由は、私に会いたかったからではない。お金に困っていて、恵んでもらいに来ただけだ。

わかっているのに……。

「イく、イく！」

誰かに抱いてもらいたくて、その弱味に、つけ込まれている。

どうして、私はこんなに弱いんだろう？

セックスが終わった後で、ハジメが、

「マックね、ローンでも買えるんだって」

と切り出してきて、私をますますがっかりさせた。


翌日。

なんてバカなんだろうと思いながら、私は、お客さんに組み敷かれていた。

ハジメにせがまれるがままに、ヨドバシカメラでノートパソコンを買ってやった後のことだ。二十万とハジメは言っていたのに、周辺機器やらなんだかんだで、結局三十万円近くなった。支払いはカードでできた。キャッシングの限度額は二十万円だったけれど、ショッピング枠は五十万円もあったから、十回払いでローンを組んだ。

「咲希ちゃん、ありがと！」

もう縁も切れたはずのこの男に、どうして私は高価な品を、あげているんだろう？

しかも最悪なことに、ハジメと手をつないで歌舞伎町《かぶきちょう》のセクシーパブに向かおうとしている時、由紀哉にバッタリと会ってしまった。

由紀哉は由紀哉で、オヤジに腕を組まれていた。オヤジは禿《は》げていてメガネをかけていて、いかにも口が臭そうな感じだった。

挨拶《あいさつ》もせずに去ったけれど、気まずい一瞬だった。ハジメは、マッキントッシュです、とアピールしている派手なリンゴ柄の箱を持っていた。私が買い与えたのだと、由紀哉にバレてしまったのではないだろうか。

振り返ったらもう由紀哉の姿はなかった。ホテルに行ったのか、居酒屋に行ったのかは、分からなかった。私はハジメに背を押されるようにして、セクシーパブに入った。

「俺はマン喫ででも待ってるから」

すっかりハジメはヒモ気分で、漫画喫茶に向かっていった。

そして、私は今、お客さんに組み敷かれている。初日の時についた、アソコに指を入れてきたオジサンが相手だった。

またパンティーを脱がされてしまった。このオジサンは本当に、女の子のパンティーを剝《は》ぎ取るのがうまい。

コタツの中で、足を絡《から》め合っているうちに、オジサンの足の指は、器用に私のストッキングの縁を探り当て、少しずつ少しずつ、布地を下げていってしまうのだ。

「今日はさ、最後までいっちゃおうか」

耳元に息を吹きかけられながらそんなことを聞いて、

「えッ！」

と、驚いて彼を見た。

オジサンは、赤く上気した顔をしている。冗談で言ってるわけではなさそうだった。

オジサンの指が、私のアソコをまさぐってきた。

どうしてなのだろう、私は、濡《ぬ》れていた。この仕事をして、好きでもない男に弄《いじ》られまくっているうちに、反射的に男を見たら濡れるようになっていた。

欲求不満女です、と言っているみたいで、とても恥ずかしかった。

いつのまにかオジサンも、スラックスを脱いでいた。コタツの中を覗くと、丸まった彼のズボンが見えた。

「ダメですよ。お店に叱られちゃう」

「ちょっとだけ、ちょっとだけだよ」

オジサンは私の手のひらに一万円札を、握らせた。

「ガマンできないんだ。すぐ、済むから」

絶対イヤ。

そう叫びたかった。コタツ脇《わき》の衝立《ついたて》には、非常ボタンがある。本番を強要しようとしたお客さんがいたら、すぐに呼びなさい、とマネージャーにも言われている。指を伸ばせば、それに触れることができる。

なのに、押せなかった。オジサンがなんとなく、可哀想《かわいそう》だった。

「……そうやってうちの店のコ何人とセックスしたの」

「そんな多くないよ。多くないけど」

オジサンは少し隙間《すきま》の空いた歯を剝《む》き出しにして笑った。

「大体の子は万札握らせると、ヤらせてくれるね。本番代ってことなんだと思うけど」

私は黙った。

私も、彼が手のひらの中に押し込んできた一万円札を、押し戻すほどの気力がなかった。この一枚の紙幣が三枚集まれば、由紀哉が買える。

そう思うと、ほんの少し、ペニスがアソコに入ることくらい、という気になる。

きっと他の女の子達も、なんらかの目的のために、オジサンの侵入を許したのだろう。

私が黙って仰向けになっていると、オジサンはそれをOKと受け止めたらしく、上に乗ってきた。

ににゅ、と、オジサンのペニスが潜り込んできた。私は、黙って耐えた。オジサンのペニスは少し柔らかかったけれど、ちゃんと私の中を往復できた。

「柔らかいおま○こだねぇ」

オジサンは、何かを懐《なつ》かしむかのように、そう呟《つぶや》いた。柔らかいことって彼にとってはいいことらしく、

「柔らかい、柔らかい」

と満足げに呟きながら、小刻みに腰を前後させている。なんでもっと大振りにならないんだろうと思って、その理由がわかった。

コタツの中でこっそり結合しているので、あんまり動いたら、従業員に本番をしていることがバレてしまうからなのだ。

私は目を閉じた。

由紀哉……。

由紀哉も、せめてこのくらいの硬さがあったら。

私は目を閉じた。涙が出た。悔しかった。こんなオジサンのよりも由紀哉のモノが元気がないことが。

由紀哉が、欲しかった。

ウリセンバーに入ったのは、久しぶりだった。

由紀哉がいつも、

「店の外で待ち合わせしようよ」

と言っていたからだ。

「なんか店で会うと、連れ出されるって意識がすっごく強くなっちゃうんだよね。外で待ち合わせしたほうが、デートしてるみたいで、誰にも邪魔されないし、いいじゃんそれで」

というのが彼の言い分だった。

それに素直に私も従ってはいた。店に一旦《いったん》行って、そこから歩いてラブホテルに向かうのも面倒だったし。

歌舞伎町のドンキホーテ前辺りで待ち合わせて、そのまま靖国通り沿いのコンビニで色々買い込んでラブホテルに向かうのが、最近のパターンだった。

けれどもただ恋人気分に浸りたいから由紀哉が外で会おうとしているわけではないことくらい、知っていた。

なぜならハジメも同じように「外での待ち合わせ」を望んでいたからだ。

外で待ち合わせると「出張料金」が加算される。ボーイ達には交通費として一律千円が手渡されるのだ。

新宿から一時間圏内に出張OKの店なので、ボーイ達は新宿で待ち合わせようが埼玉で待ち合わせようが、千円をもらえる。

千円欲しさだけで外で待ち合わせをしたわけではないとは思う。店に指名客がやってくることは、彼らにとってはマイナスでしかないのだ。

たとえば他の指名客と店ではちあわせになる危険もある。新規の客に呼ばれて隣に腰掛けた途端、指名客がやってきて気まずい思いをしてしまうこともある。

つまりは指名客に顔を出されるのは商売の邪魔なのだ。ハジメも由紀哉も、なかなか店に行かせてはくれなかった。

その由紀哉が、今日は珍しく私を店に呼んでくれている。

今日は咲希ちゃんの誕生日だから、店で飲もうよ、と彼が言うのだ。

うれしかった。

だって、最初は、彼は、その日は予定があるから会えないなどと言っていたのだから。

本当は、ラブホテルじゃなくて、その日くらい、シティホテルで過ごしたかった。

けれど由紀哉にそれを伝えると、

「店で飲もうよ。俺も、最近店で飲んでないしさぁ」

とあくまでも店、を強調した。

私は、みんなでワイワイ飲むよりも、あなたとふたりっきりで、誕生日の夜を過ごしたいのよ。

そう伝えたかったけれど、その言葉は飲み込んだ。どうせ、由紀哉にそれを言ったところで、彼は私の淋《さび》しい気持ちになんて、きっと気づいてはくれないのだろうから。

夜十時のウリセンバーには、案外と人がいて、数人の客に、それぞれ隣にボーイがついていた。

私は小賢《こざか》しい手を使って、由紀哉に午後九時すぎ、と待ち合わせ時間を指定しておいた。

ウリセンの連れ出し料金は、午後十時から午前十時までの十二時間で、三万円なのだ。

店を出る瞬間に時間のカウントが始まる。ということは、飲む時間を逆算し、十時ぴったりに店を出るようにするのがオトクだと私は考えた。

だけどその作戦は、由紀哉に見抜かれていたらしい。

『9時すぎに行くね♪』

というメールに対して、彼は、

『10時になりそう。ごめんね』

と返してきた。

九時から出勤したりしたら自分が一時間タダ働きになってしまうのを避けているかのようで、悔しかった。

誕生日なのに。

由紀哉は、私に全然歩み寄って来ようとはしない。

客とは一分一秒たりとも余分な時間を過ごしたくはないかのように。

いつものことだけど、その徹底した冷たさが、小憎らしかった。

誕生日なんだから……。

少しだけ、サービス、してほしいのに。

それでも予定をわざわざズラしてくれたのか、誕生日二日前になって、

『その日会えるようになったよ。咲希ちゃんどう、忙しい!?』

なんて言ってきてくれたのだから、私のことをキライなわけではないのだろうと思う。

店にはマスターがいて、由紀哉に出迎えられた私のところにやってきて、

「なぁに、今日、誕生日なんだってぇ？」

としなを作りながら言ってきた。マスターは自分を〝営業ゲイ〟と言っていた。本当はゲイじゃないけれどゲイ口調にしたほうが二丁目ではウケがいいこともあるからだ。

「じゃあ、お祝いしなくっちゃ、ね」

マスターはシャンパンでも開けなよ、と私に促してきた。

幾ら？

と私は聞いた。落ち着いた顔を装《よそお》っていたけれど、内心動揺していた。

働いても働いても、私の口座にはなかなかお金が残らなかった。風俗で働くとやたらと疲れるしお腹《なか》もすく。

家で食事を作る時間も精神的余裕もないから、外食ばかりになる。深夜の歌舞伎町のコージーコーナーでビーフシチューを啜《すす》るのがクセになっていた。

ねっとりとした汁を流し込むと、それまで味わっていたオジサンのべっとりした舌の味を、忘れることが、できるから。

コーヒーを飲んでだらだらしていて終電を逃し、タクシーで帰ったことも何度もあ

る。こんな生活を繰り返していたら、借金を返すどころではない。由紀哉も、こんな感じなのだろうか。

「うちはホストクラブじゃないもの。シャンパンっつったって、ほんの五千円よ」

由紀哉の顔をちらっと見た。彼は笑顔で私を見つめ返してきた。珍しく営業っぽい顔をしていた。

お店にいる時は、こんな澄ましたスマイルしているのね、と違和感をおぼえた。

誕生日なのよ？

グチりたくなった。どうせこのシャンパンの代金だって、私が払うんでしょ？

由紀哉が店に私を呼びだした理由が見えた気がして、私はがっくりときた。

ドリンクバック。お客さんがボトルを開けた時に、代金の半額が、ボーイにバックされるのだ。

五千円のシャンパンを私が開ける。そうすると、由紀哉は二千五百円の収入になる。

それだったら、店の外で待ち合わせて千円の出張料をもらうよりもトクだ。

私って、彼にいいように利用されているだけなのね。

客なのだから。

それも仕方のないことなのかもしれないけれど、由紀哉のクールさが、淋しかった。

人の誕生日にかこつけて、ちゃっかり懐《ふところ》を暖めようとしている彼のことが。

派遣社員の仕事で残業になってしまっていて、急いで飛び出してきたので、午後九時過ぎだというのに、夕飯もまだだった。無性にトリが食べたかった。きゅっと締まったもも肉を何本でも片づけられる気分だった。

「ね、あとで焼き鳥でも食べに行こうよ」

と由紀哉に囁《ささや》いた。バースデーに焼き鳥だなんてなんだかカッコ悪いけど、でも食べたいんだからしょうがない。

「出前できるよ」

由紀哉がマスターに目配せをした。マスターが明るく、

「オッケー焼き鳥でもなんでもござれよ。盛り合わせでいいわよね?」

と携帯のフリップを開けた。

「いくら、かな」

いちいち値段を気にする私のことなんて、誰も気にとめてはくれない。

「三千円くらいじゃない?」

マスターがどうでもいいじゃないそんなこと、とでも言いたげな顔で私を見た。

由紀哉にはフードバックもあるのかな、と私は思った。でもいちいちそんなこと彼

に聞く気にもなれなかった。

由紀哉はきっと運ばれてきた焼き鳥を頬張る。客の奢《おご》りであるのが当たり前であるかのような顔をして……。

そしてシャンパンが開いた。透明な泡の粒を見つめながら、私はそれでもムリに笑顔になろうとしていた。

マスターと由紀哉に挟まれて乾杯しようとしたその時、店のドアが開いて、金髪の男の子が入ってきた。

「あら、ちょうどよかった」

マスターが手招いた。

「ヒデキ。こっち、いらっしゃいよ」

激しい緊張が走った。先日私とセックスをしたゲイのヒデキが、そこに立っていた。

由紀哉はマスターに代わって私の隣に腰掛けたヒデキを、不可解な表情で見つめていた。

私が慌《あわ》てて取り繕った。

「この間ね、暇だったからヒデキくんに遊んでもらったの」

「あぁ……そういえばそんなこと、言ってたっけ?」

「たまには咲希ちゃんだって平日に遊びたいのに、由紀哉ったら普通の仕事してるんだもの。許してあげなさいよ、由紀哉」

マスターが取りなしてくれた。

「え、別に俺、怒ってないし。金払ってるのは咲希ちゃんなんだから、誰を買おうと咲希ちゃんの自由っしょ」

「嫉妬《しっと》しないの？」

「嫉妬？　俺が？　なんで？　そういうのはしないよ」

お前なんて俺の女でもなんでもないじゃん。そういう言葉が後ろにくっついてきそうで、怖かった。

焼き鳥は、十六本あった。四人でつまんだらアッという間だった。シャンパンもすぐに空いてしまった。

頃合いを見て、マスターが奥に引っ込み、店内が暗くなった。ロウソクを立てたバースデーケーキが運ばれてくる。「さきちゃんおめでとう」とチョコレートで描かれている。

「うそ……用意してくれてたの？」

由紀哉がむすっとした顔で、

「いっつも俺のこと冷たい冷たいって咲希ちゃん言うけどさぁ、俺だって、人並みの優しさくらい持ってるよ」

と、私をヒジでこづいてきた。

「……ごめんね」

「いいから、早くローソク消して」

店内にはいつのまにか激しいユーロビートが流れ出していた。

ふう……ッ。

一瞬だけ、店の中が真っ暗闇《くらやみ》になり、すぐに電気が点《つ》いて、拍手が起きる。

ヒデキも、私とセックスしたなんて気まずさは全然見せずに、普通に笑ってパチパチしている。

「ありがとう」

はにかんでお礼を言いながらも、切り分けるために引っ込められたデコレーションケーキを見送りながら私は、ケーキは幾らなんだろう、と考えていた。

私は、私の三十回目の誕生日を、ウリセンバーでボーイに囲まれて過ごしている。そしてきっとシャンパンも焼き鳥もケーキも全部私のお金で支払われるのだ。

店の人にいくら囲まれても、営業で祝ってもらっているだけ。私のことを心底おめでとうと思ってくれるような人は、誰もいない。

友達もいない今の自分の境遇を突きつけられた気がして、ものすごくミジメだった。

「今夜も由紀哉にたっぷり愛されちゃってよ」

マスターがそう煽《あお》ってくる。ヒデキはなんとも感じないのか、うんうん、と横で頷《うなず》いている。

「愛されたことなんて、ないわよ」

思わず私はそうこぼした。

えッ!?とマスターが目を剝《む》いて、私と由紀哉を見た。

由紀哉の顔がこわばっているのがわかっていたけれど、私は冗談めかしてマスターに言ってやった。

「ねえ、ペニスが使い物にならなかったら、返金してくれる？」

マスターは一瞬呆気《あっけ》にとられたような顔をした。

「……使い物にならないの？」

「なわけ、ないでしょ」

由紀哉が急に大きな声を出した。

「ビンビンだよ、いつも。思いきり使いまくってるって」

「……ほんと?」

マスターがもう一度私に尋ねた。私はしかたなく、頷いた。

「ごめん。冗談」

「……だよねぇ」

マスターがホッとしたような顔をしている。

「もし元気がない時はね、スッポンが効くわよ。イッパツよ。薬局で売ってるから」

「だから必要ないって」

由紀哉がマスターを睨《にら》んだ。

「そんな、人をインポみたいに言わないでよ」

「……」

インポのくせに、と私は怒鳴りたかった。だけどこの店で彼の秘密を暴《あば》いたところで、由紀哉が勃起《ぼっき》するわけではないから、ガマンした。

誕生日なのに。

どんどん、由紀哉と私の溝は、深くなっていく。祝ってもらっているのに。嬉《うれ》しいどころか、哀《かな》しみが増していく。

もう帰ろうかな、と、一瞬、そう思った。どうせ今夜だって由紀哉は勃《た》たないのだろう。そして私は一層惨《みじ》めな気分に追い込まれるのだろう。

「ねえ、お客さんと、結構だらだら一緒にいたことって、ある？」

私は左隣にいたヒデキに話を振った。んーと、と彼は天井を見上げて一瞬考えた後、

「お昼一緒に食べたり、時には夕方までだらだら喋《しゃべ》ってたりしたこともあるよ」

「へえ、いいな」

私はマスターの顔を見つめながら、訴えた。もう、どうなってもよかった。

「由紀哉ってね、朝十時までしか、いてくれないの。一回もお昼までいたことなんてない」

「あらま」

マスターが一瞬気の毒そうな顔をした。そして由紀哉に、

「たまにはサービスしてあげなさいよ。咲希ちゃん、いっつも由紀哉を買ってくれてるのに」

「たまには遅くまでいるじゃん。ほら、こないだだって十時過ぎてたけど一緒にお茶してたじゃん」

「あんなの十時をちょっと過ぎただけでしょ」

単にモーニングセットが出てくるのが遅かったからで、由紀哉はそれを平らげると

すぐに帰ってしまった。

「僕なんて、お客さんの家に夕方までいて、そこから店に出勤したこともあるよ。たまにはラブラブまったりしたほうが、お客さんも喜ぶし、長く続くよ」

ヒデキがそう言ったが、

「俺は俺なりにやってるよ。俺だっていろいろ忙しいもん。そんな、だらだらしてらんないよ」

と由紀哉はひどく不機嫌そうだった。

「ごめんね、由紀哉、つれなくて」

マスターが由紀哉の代わりに謝ってきた。

「でもこのクールなところが、咲希ちゃんも好きなんでしょう?」

店を出たのは、結局十時を三十分ほど回った頃だった。

由紀哉と私は、

「いってらっしゃーい」

と満面の笑顔のマスターとヒデキに送り出された。

「今日は本当にありがとね。祝ってもらっちゃって、すみません」

私は手を振りながら彼らに言った。

「何言ってんのよ。誕生日おめでと！」

マスターがばぁん、と私の背中を叩《たた》いた。会計は、いつもよりも一万円上乗せされていた。五千円のシャンパンと焼き鳥にケーキの分が乗っているのだ。

それだけでも予想外の出費でつらいのに、マスターは、

「ヒデキも連れていってあげてよ」

と言ってきた。冗談じゃない、と思った。二人も連れ出したら料金は倍もかかってしまう。

「一時間でも二時間でもいいのよ。ヒデキもお外に出してあげてよ」

とマスターは押してきた。けれども私は、

「ごめんね、また今度……」

と言うしかなかった。だって、持ち合わせがなかったから……。

ヒデキは、少し淋《さび》しそうにしていた。いいよいいよ、と首を横に振っていたけれど。

私はヒデキの目の前で、彼じゃなくて由紀哉を選んで去っていく。ヒデキは売れっ子だからすぐ他の客がつくだろうけれど、なんだか申し訳なかった。

ビルの三階からエレベーターに乗り、一階に降りた。

新宿二丁目の仲通りは少し冷えていて、薄手のカーディガンしか着て来なかった私は、首をすくめた。

由紀哉は温かそうなもこっとしたジャケットを羽織っている。それ、私にかけてほしいなあ、と思ったけれど、彼にはそんな気づかいもない。

それどころか、

「何、さっきの態度」

と私を睨みつけてきた。

「なにって？」

「だから、何で、俺をけなすようなこと、言うの」

「けなすって？」

「わかってんでしょ」

由紀哉は腹だたしげに言った。

「勃たないとか、すぐ帰るとか……。あんなこと、店で言わなくたって、いいじゃん」

彼は本気で怒っているらしく、私に悔しそうな眼差《まなざ》しを送ってくる。

「私、嘘《うそ》なんか言ってない……」

「嘘じゃなくても、なにも店で言わなくたっていいじゃん。俺、この間も叱《しか》られたばかりなのに、ああいうことされると、また怒られちゃうよ」

「この間って？　なにしたの？」

しまった、という顔で、由紀哉が私を見た。

「この間、ちょっとね、クレームきちゃったんだよ」

「クレーム？　何したから？」

由紀哉は全然悪いと思っていない顔で、さらりと言ってのけた。

「お客さんが疲れてたみたいでさ、ヤる前に寝ちゃったんだよ。だから俺、時間になったらホテルから帰っちゃったんだ」

「何もしないで帰ったの？」

「だってしょうがないじゃん、寝てたし。その時って二時間のショートだったから俺も終電で帰りたかったし」

お客さんのことを思いやるという気持ちが、由紀哉には全然ないのだ。できることならなるべく客に触れずにラクして帰りたいのだ。

そういう気持ちを突きつけられるのは、哀しいことだった。由紀哉は、ただ、金のためだけに、仕方なくこの仕事をしている。

そしてきっと、私の身体《からだ》のことも、面倒だけど仕方なく、触れてあげているだけなのだ。

「それで、どうしたの。お店に何て言われたの？」

「マスターにさ『お客さん叩き起こしてでもヤッてちょうだいよ』って怒られたよ」

由紀哉は冗談じゃないよ、という風に顔をしかめた。

「まあ、もういいじゃん、そんな話」

「だけど」

思わずそのお客さんの身になって考えてしまう。だって、私はお客だから。

「そのお客さん、何もしてないのにお金払ったってこと？」

「まあね、前払いだからね」

もう思い出したくないとばかりに由紀哉は話題を変えようとしている。

「あんまクレームばっかりつくと、店だって、客をつけてくれなくなっちゃうし、困るんだよ」

わかってくれよ、みたいな顔をされたけれど、わかってあげられるわけがなかった。

だって勃たないのも、時間がきたらすぐ帰っちゃうのも、全部、本当のことを喋っただけなのだから。

「まぁ、確かに、俺、ちょっと不調だけどさ。でも勃起はするでしょ」

由紀哉はそう言い訳をした。

「全然ダメってわけじゃないじゃん。その分ちゃんと、指でイかせてあげてるじゃん」

それじゃ不満なのかよ、という顔で、由紀哉は私を見つめている。彼には、挿《い》れてもらえない女の哀しみも不安も不満も、なにも見えてはいない。

「あ〜あ、俺、せっかく今夜は咲希ちゃんの誕生日だから頑張ろうって思ってたのに……。あんなこと言われちゃったら、もう、全然ヤる気ゼロ」

はぁ、と大げさにため息をついて、由紀哉が天を仰いだ。

「ヤる気、なくなった、マジで」

その途端、私の頭が怒りで、真っ白になった。

ヤるために、買ってるのよ。いつもできないくせしてお金ばかり持っていって。ナニサマのつもりなのよ？

くるりと私はきびすを返した。

「どこいくの？」

由紀哉が慌《あわ》てててついてくる。

「店」

「なんで？」

「あんた、返品する」

怒りで、長い言葉を言えなかった。短くもう一度、繰り返した。

「あんた、いらない。返品する」

「ちょ、ちょっと待ってよ」

由紀哉が私の肩をぐい、と摑《つか》んで、止めようとしている。

「触らないでよ」

あれほどいつも、触れられたい、抱きしめられたい、と思っていた由紀哉だったのに。

私のこと好きじゃないんなら触らないで。私とヤりたいと思ってるわけじゃないんなら、触らないで。

心の底に僅《わず》かに残っていた女のプライドが、そう叫んでいる。私は、彼の手を、振り払った。

「だから待ってよ」

また、由紀哉が摑んでくる。

「やめてよ」

また振り払う。ふたりでハダカになった時は、必要最小限しか触れてこないくせに、こういう時には、こんなに力強く摑むだなんて。

おっぱいだって、一度もわし摑みにしてくれたことなんか、ない。お義理でちょこちょこっと乳首を吸っただけでごまかされてしまったことだってある。

それなのに。肩に彼の指が食い込んでくる。ものすごく、悔しかった。

二丁目の交差点のところで、私達は言い争いになった。

「離してったら」

突き飛ばさんばかりの勢いで彼から離れると、私は小走りになった。

「なんで店なんて行くの！」

びっくりするほどの大声が、彼から出た。

「あんたなんて、いらないから！」

怒鳴り返した。交差点のところにたむろしていた外国人グループが、ぎょっとしたようにこちらを見た。

「お店に全部言う。だからお店で、話し合おうよ」

「ちょ、ちょっと」

由紀哉は明らかに狼狽《うろた》えていた。その様子を見て、私はがっかりした。彼は、私に甘えていたのだ。本当ならばきっと、彼がしてきたことは、許されることではないのだ。

セックスできない不良品の由紀哉を買ってしまった私がどんなにミジメなのか、彼はきっと、一度だって考えたことなんかないに違いない。

店にこんなことを言ったら、由紀哉はきっとこっぴどく叱られるのだろう。今まで相手が私という気の弱そうな女だったから、彼は挿入不能のペニスのままでも堂々と金を受け取って帰っていたのだろう。

ずるい男だ、仕事もちゃんとしないくせにもらえるものだけちゃっかりもらって。

怒りで、手が震えてきた。

「二人で話し合ってもラチ明かないから。店でゆっくり一緒に考えようよ」

歩き出した私を、由紀哉は後ろから抱きしめてきた。そんな風にされるのは、初めてだった。どきりとした。

「……わかったよ」

ものすごく優しい声だった。由紀哉でもこんな声が出せるんだ、と感心した。客に返品されたくないために、しばしばウリセンボーイは、演技をする。

「今夜はめいっぱい、頑張ってみるから。だから、店に行くのは許してよ。マスターだって、ケーキ屋に行ってきてくれたし、皆で誕生日祝ってくれたんだもん。今夜は大目に見てよ」

だけど今夜は絶対に勃起《ぼっき》するという保証なんか、なかった。

私はひとつだけ条件を付けた。

「スッポン」

「……え？」

「さっきマスターが言ってたでしょ。スッポンが効くって。だから、スッポン、飲んでよ」

由紀哉と私は、新宿ドン・キホーテの地下食品フロアにいた。

「ドンキに地下があるなんて、知らなかった」

「なんでもあるのよ。入浴剤も紙おむつも」

以前、友人がここには珍しいスナック菓子があるというので、一緒に降りていったことがあった。その時に興味本位でフロアを一周したので、どこに何があるのか、だいたい把握していた。

私はおぼえていた。ドリンク剤がここに陳列されていたことも。

スッポンエキスのドリンクなんて、靖国《やすくに》通り沿いのコンビニにはなかった。近くのドラッグストアは、もう閉店していた。

だから私は二十四時間営業のドンキにやってきたのだ。隅の方にドリンク用冷蔵庫が置かれていた。いかにも『そういうこと』に使いそうな妖《あや》しげな単語、マカ、とか、オットセイ、とか、何種類かが並んでいる。

ひとつひとつ手に取ってみたけれど、スッポン成分が入っているものはなかった。

「ないの？　じゃ、他の試してみる？」

由紀哉は何かをあきらめたかのように、ちょっとばかりヤケっぱちな口調でそう言ってきた。

「……オットセイとかにする？」

「なんかキモいから植物系にしようよ」

「じゃあ……イカリソウとかニンニクエキスとか入ってるのは？」

私が隅にあった箱を彼に見せた。ヤマイモとか朝鮮ニンジンとか、いかにも効果がありそうなものが十種類くらいブレンドされている。

「それでいい、それで」

由紀哉はそう言った。

「私、これ買うの恥ずかしいから、由紀哉買ってきてよ。お金渡すから」

「絶対やだね」

由紀哉は横を向いた。

「俺が買ったら、ハマりすぎだよ。今からこれ飲んでヤりますって言ってるみたいで恥ずかしいから、咲希ちゃんが買って」

仕方なく、私がレジに向かった。別にどうということはなさそうに、レジの人は黄色いビニール袋にそれを入れてくれた。二千百円だった。

そしてラブホテルに向かった。平日なので、空いていた。

南欧風の可愛《かわい》いホテルを選んで入った。料金は泊まりで一万三千円だった。

誕生日だというのに、私は、自分のお財布からお金を出してばかりいる。そして由紀哉はいつものように、ただ黙って、私の横にいる。

財布など持っていないような顔をしているけれど、彼の札入れの中には、先程店が日払いでくれた今日の取り分、二万円が入っているはずなのに。

部屋に入ると、由紀哉はすぐに、ドリンクを取り出した。

「『禁断の秘薬』だってさ。なんかすっごいネーミングだよね」

そう呟《つぶや》きながら、ぐ、と茶色の液体を少量喉《のど》に流し入れた。

「……マッジィ！」

ひどく顔をしかめている。

「まずいの？」

「飲んでみる？」

彼が差し出してきたが、慌てて首を横に振った。私が飲んでも意味がない。彼が飲んで、そして雄々しくペニスを勃起させてくれなくては。

私はいつも濡《ぬ》れているからドリンクなど必要ない。いつも勃たないのは、由紀哉、あなたなのだから。一滴残らず、飲み干してもらいたかった。

けれども由紀哉は最初の一口が相当まずかったらしく、グチっている。

「マジで臭くて苦くて、なんかノドにピリッとくるんだけど」

「トウガラシでも入ってるのかしらね」

私はあまり深く考えずに、受け答えをした。そして、さ、飲んで、と促した。

注意書きにも、『性行為の三十分以上前にお飲みください。全身にエキスが巡り、効き目が現れてくるまで三十分の余裕をもってください』という風にあったのだ。早くセックスするためには、早く由紀哉がドリンクを飲み干す必要があった。

「……よぉし」

由紀哉は決心したらしく、鼻をつまんだ。そしてずずッ、と一気にドリンクを啜《すす》り上げようと……。

……したのだけれど、途中でドン、と乱暴にドリンクをテーブルの上に置いた。

「なに……なんだよ、これ……」

胸を掻《か》きむしっている。

ただごとじゃないと思って慌てた。

「苦しいの？」

「違う……ニガい」

由紀哉は咳《せ》き込み始めた。そしてペッ、と薄茶色に染まったタンを洗面台に出した。

私はドリンクを手にした。半分ほどしか減っていない。

「ごめん、咲希ちゃん。俺、もう、飲めないよ」

相当まずかったのか、由紀哉は目を潤《うる》ませている。だから私もそれ以上はとても無理強いできなかった。

「いいのよ。効くといいね」

由紀哉は何度もペッ、ペッ、と、ツバを吐いている。

「マジで咲希ちゃんも、ナメるだけでいいから味わってみなって。すっごい味だから」

その誘いには乗りたくはなかった。けれども鼻先に近づけられた瓶からは、温まったドブのような、むあっとした臭気が漂ってきていた。

ラブホテルのソファの上で、私は由紀哉と並んで三十分を過ごした。

「三十分経つまでセックスはガマンしなさいって説明書にあったわ」

「きっちり守る必要なんてないよ。俺は若いし。別にドリンクだって必要ないのに」

この期《ご》に及んでまだ、彼は強がりを言っていた。

三十分経過した後、私は由紀哉に尋ねてみた。

「どう？　何か、変化ある？」

由紀哉の顔は、まだ、少し赤かった。

「ハー、苦しかった……」

由紀哉はそっと、喉を撫《な》でた。

「喉が、焼けるみたいに熱くなってさ、声が出ないっていうか、毒でも盛られたかと思ったよ、マジで」

私はなんて言っていいのかわからなくて、黙っていた。

世の男達は、自分の肉幹を屹立《きつりつ》させるために、秘《ひそ》かにこんな辛《つら》い思いをしているのだろうか。そしてこんな苦しみを味わう価値があるほどの効果を、得ているのだろうか。

「効いてんのかな、わっかんないや」

由紀哉はバスルームに向かった。私も慌《あわ》ててついていった。

私達はいつも、一緒にお湯につかっていた。

普通の恋人同士だったら、ここでいちゃいちゃが始まってもおかしくないシチュエーションなのに、由紀哉はろくに私に手を出さない。

今夜も、

「俺、すぐ茹《ゆ》だっちゃうんだよ」

と、一分もしないうちに立ち上がってしまった。

「誕生日なのに」

思わず、グチがこぼれる。

もっと一緒にいて。もっとそばにきて、抱きしめて。そういう気持ちをこめて、

「誕生日なのよ、私」

と、もう一度繰り返した。

「……ベッドでね」

由紀哉は取り合わずに、出ていってしまった。

ひとり、広いバスルームに取り残されて、私は唇を嚙《か》んだ。彼の勃起しないペニスにばかりとらわれていて、今頃になって、やっと気がついた。

彼は、手抜きをしているのだ。

悪徳下請け業者が、コンクリをきちんと詰めない欠陥住宅を作るように、悪徳ウリセンボーイの彼は、ペニスをロクに詰めずに、任務を終えようとしているのだ。照れてるとか、長湯が嫌いとか、そういうことではないのだ。できる限り仕事の量を減らして、ラクをしたいのだ。

そして私のことなんて、きっと彼は好きでもなんでもなく、ただのお勤め先なだけなのだ。

「ふざけないで」

私の中の怒りが、また、噴き上げてきていた。思わずひとりごとを呟いていた。

そんなんで、お金もらって、あなた平気なの？　あなたとヤるために、お客さんは高いお金を払ってるのよ。なんでヤらないの？　ウリセンという仕事を選んだ以上、『ご奉仕』するのは当たり前なのに。由紀哉はその抵抗感が強くあるようだった。

というより、私は、悔しかった。仕事抜きで、女である私に欲情してもらえないことが、つらかった。

全裸の女が湯船にいるのに。

襲ってもらえないせつなさ……。お前なんかに惚《ほ》れてなんかいないよと投げつけてくる彼の冷たい態度……。

もう、本当にやめよう。

私はお湯を顔にばしゃんとかけた。

今夜も由紀哉とセックスできなかったら、もう、私は本当に彼を買うのを、やめよう。

バスローブ姿で部屋に戻ると、由紀哉はソファでタバコを吸いながら、バラエティ番組を観《み》ていた。

そしてテレビ画面を観たまま、

「ほら」

と投げるように小さな紙袋を私に寄越した。

丸井のロゴが、プリントされている。

「……なに？」

「開けてみれば」

私は包みを開いた。四角い箱が出てきて、その中から、綺麗《きれい》なブルーの瓶が現れた。

ブルガリの香水だった。

「これ、私に?」

「他に誰にあげるの」

由紀哉はぶっきらぼうに答えた。

「だって、クリスマスプレゼントはくれなかったのに?」

「あのときは、忙しくて買いに行く暇なかったの。それに咲希ちゃんがプレゼントくれるなんて、思ってもいなかったから」

私はグッチのシガレットケースをあげたのだった。由紀哉は確かに、びっくりしていた。

「お客さんから何かをもらったことなんて、なかったからさ」

彼は客に尽くさないので、客と彼との関係はホットなものではない。リピーターはあまり来ないし、来たとしてもベッドではなく飲みオンリーの客ばかりだという。

(そりゃそうよね、だって勃《た》たないんじゃ、お客さんだって面白くないもの)

デリケートなんだよ俺、と彼は強がって言っているけど、そんなつまらないモノを突きつけられた客のことなんて考えてあげてはいない。

「俺は俺のことだけで、いっぱいいっぱいだよ」

由紀哉はいつもそんなことを言うから哀《かな》しくなってしまう。あなたのしてることは、客商売なのよ、と叱《しか》りつけたくなる。

でもそんな由紀哉が、わざわざ丸井に立ち寄り、女性用の香水を買い求めてくれた。そのことがとても嬉《うれ》しかった。

どんな顔をして、買ってくれたのだろう。どんな理由でこの香水に決めてくれたのだろう。

彼が私のために割いてくれたプライベートな時間。彼が私のために使ってくれたポケットマネー。香水そのものよりも、私という存在が彼の中にほんの少しの間でも入り込めたこと、それが、うれしかった。

ブルガリの香水は、匂《にお》いがけっこう甘強く、エロティックだった。早速ふりかけ、どう？　と彼に抱きつく。

「何選んでいいかわかんないし、どんな香りが似合うか迷ったけど」

由紀哉の手が背中に回されてきた。

「でも、結構合ってるみたいだ、この匂い、咲希ちゃんに」

「そう？　私、こんなに色っぽくないよ？」

「ううん、こんなイメージだよ。ちょっと大人っぽくて、優しくて」

「……どうしたの」

私は由紀哉を抱きしめた。

「なんだか、優しいこと、言うね……」

二人でソファの上で、お互いに、バスローブの合わせ目から手を滑り込ませ、身体《からだ》を探り合った。

由紀哉は私の乳房を優しく手のひらでくるみ、親指の腹で、乳首をくるくると転がして弄《いじ》ってくる。

「ああ、由紀哉」

私も彼の乳首を探り当てて、くぃくぃと摘む。ふたりの息が、荒くなっていく。

やがて乳首だけではまだるっこしくなって、私は彼のバスローブを剝《は》がした。

現れた締まった小さな粒を、唇にしまい込む。

「ウ……」

由紀哉が低い声を出す。彼も、感じているのだ。嬉しくなって、ぺろぺろと子犬を舐《な》める母犬のように、舌を弾ませながら、丁寧に可愛《かわい》い乳首を舐めこすった。

「おいしいよ、おいしい……」

由紀哉は優しい手つきで、私の乳首を摘んでは放し、摘んでは放し、している。

「由紀哉……好き……」

身体の芯《しん》から、じぃん、と、幸福感が湧《わ》いてくる。私はやっぱり、彼が好きなのだ。

こうやって触れ合っていると、張り詰めたものが和らいでいく。彼の身体の温《ぬく》もりが、たくさんのイライラを、癒《いや》してくれる。

「由紀哉……」

私は、彼のバスローブの裾《すそ》を割って、指を、太ももの奥へと進ませていった。

彼のペニスに触れたくて、指先が疼《うず》いていた。確かな張りを、この指に、確認したかった。

「……」

すぐには男棒は見当たらなかった。おかしいな、と思って探すと、太ももの間に隠れるようにして、それはあった。

とても驚いた。勃起《ぼっき》するどころか、いつもよりも小さく弱々しかったから。

縮んでぴろぴろとしていて指でつまんでも柔らかく曲がる。

（どうして？）

目の前が真っ暗になりそうだった。

ドリンクを半分しか飲んでいないから？　それとも、疲れているから？　決してそれだけの理由ではないことくらい、本当は、わかっていた。

でも、いつも勃起くらいはするのに……。情けないくらいに力が入っていないペニスを摘みながら、私は由紀哉の顔を見た。

彼もさすがに困ったような顔をして、股間《こかん》にちら、と目を走らせた。

「……舐めてあげようか」

沈黙に耐えかねて私から先に話しかけた。

起きあがらないペニス。目の前にそれを突きつけられて、私も頭がパニックになってしまいそうだった。

だって、ドリンクも飲んだし、乳首を弄ったら気持ちよさそうな顔も、していたくせに。

「うん」

由紀哉が頷《うなず》いたので、私はソファの足下に跪《ひざまず》いて、彼のバスローブを開いた。

間近で見ると、あれ、と思うくらいに、彼の肉茎は子どものそれみたいに小さくなっていて、何の反応も起こってはいなかった。

ぱくっとくわえこんでも、ふにゃふにゃのままで、くすぐるように舐めてみても、強く口に含んで吸ってみても、彼のペニスはピンと張ってはこなかった。

「ごめん……」

懸命にしゃぶっている私に、由紀哉が呟《つぶや》いた。

「なんか、緊張、してるみたいで」

プレッシャーが大きいのかもしれなかった。

今日は私の誕生日。今日こそは勃起してセックスしておかないと、客が離れていってしまうかもしれない、という危機感は、さすがに彼だって持っているはずだ。

由紀哉にとって、数少ない常連客である私を逃すのは、つらいはずだった。週に二度の出勤日のうち、大抵私が一度は買ってあげていた。一ヶ月にすると彼の収入は私が払っただけで八万円にもなる。

駐車場係という普段の仕事以外に、これだけの額が副収入として保証されているのだから、私から離れたいわけがないのだ。

でも、舐めても吸っても、彼の肉茎は、言うことをきかない。

「……ベッドに行こうよ」

由紀哉のほうから誘ってきた。

私は黙って、ベッドの上に仰向《あおむ》けになった彼の上に乗った。

そのときワザと、お尻《しり》が彼の顔の真上に来るように跨《また》がった。腰を上げたまま、ペニスを含みにいく。

彼の目の前で、黒々としたヘアに囲まれている濡《ぬ》れた花弁が、踊っているはずだった。

由紀哉が指を伸ばしてきた。

ちゅく、と蜜芯《みつしん》が鳴った。

「ああ……ッ」

由紀哉の指が、私の中に入ってくる。私の指は、由紀哉の弱々しいペニスを繭《まゆ》のようにくるんであげている。

私のアソコの中に、彼の指がぎゅっと押し込められ、ちゅぴちゅぴと雫《しずく》を跳ねさせている。

「あッ……くぅう」

思わず、お尻を振って、もっともっととせがんでしまった。由紀哉の指いじりは、今夜はとても上手で、だけど……。

由紀哉のペニスはやっぱり、言うことをきかなかった。だから、私も気持ちがなかなか昂《たか》ぶってはいかない。

こういうのって二人して盛り上がっていくものだ。相手が固くなっているのを確かめて、だからなお一層こちらも濡れる。

たった一人で喘《あえ》いでいたって……。情けないだけだし、シラけるだけなのだと思い知らされてしまう。私の蜜は次第に量が減っていき、しまいには、鳴らなくなってしまった。

静かに指を抜いた由紀哉に、私は、

「今日はもう寝ようか」

と話しかけた。これ以上したって、きっと、このペニスは元気になってはくれないことだろう。

ひどく私は疲れていた。

三十分もかかってはいないはずなのに、彼の、いうことをきかないいじわるペニスと格闘したのが、ひどく長い時間だったような気がしていた。

「待って」

由紀哉が仰向けになったまま、静かに制してきた。

「ちょっと待ってて……」

由紀哉が自分でペニスをいじり始めた。根元をしっかと握り、ゆっくりと、裏スジを、指で撫《な》であげている。

男の人のマスターベーションを見るのは二度目だった。昔の恋人が、一度だけ見せてくれたことがあったのだ。

けれど、こんなに静かでゆっくりなものではなかった。グイグイと、気が済むまで速く、激しく、その男は自分のモノをシゴき上げていた。それは、サムライが剣の稽《けい》古《こ》をしているかのような、張りつめた厳かな印象があった。

由紀哉は、指の腹を小刻みに震わせながら、しゅるしゅると、ペニスの表面を撫でている。

こんなにおとなしめのオナニーをするだなんて思ってもいなかったので、ビックリして、しばし、見入ってしまった。

それでも少し、力を入れてはいるらしく、すーッ、すーッ、と、彼の指が動く音が、耳に入ってくる。

やがて、由紀哉は小声で尋ねてきた。

「……入れていい？」

彼の股《こ》間《かん》を見て、私は息を呑《の》んだ。

あれほど舌で刺激をしてもビクともしなかったペニスが、むっくりと頭をもたげ、もの欲しげにこちらを見つめていた。

嬉しかった。

雄々しくそびえてくれているペニスを見て、胸が熱くなった。由紀哉は自分でコスッてまでも、誕生日の私を抱こうとしてくれている。

「入れて……」

仰向けに寝た私の上に、彼が静かに被《かぶ》さってきた。

「ああ……」

私の入り口に、熱い塊があたった。けれど、次の瞬間、まるで熱に雪玉が溶けてしまうかのように、ペニスがぐにゃり、とした。

（ウソ……！）

すぅ、と頭から血の気が引いていく。腰を少し持ち上げ気味にして、早く、と彼を急《せ》かした。

由紀哉は静かにまた、手淫《しゆいん》を始めている。彼の顔は落ち着いていたけれど、でも、青ざめている。

無理させているんだ。

胸が痛くなった。

しゅる、しゅる、とゆっくりとした動きで彼の指がペニスを往復していく。けれども、今度は何度コスッても、大きくなるどころか、目に見えて肉棒は縮んでいく。ついには、ベビーウインナのように、情けない肉片姿に戻ってしまった。

私の頭も、真っ白になった。

今までの彼の男根と格闘してきた日々が、蘇《よみがえ》ってきた。入れた途端縮んだり、入れようとしたら元気を失ったり、舐めてもビクともしなかったり……。

ほんとうに、いじわるな、ペニス。誕生日にまで、私を哀《かな》しませるなんて……。

由紀哉はそれでも、唇を強く結んだ顔で、なお、ペニスをシゴこうとしている。

「もう、いいよ」

私はそう言った。

「でも……」

「もういいよ、寝よう」

トイレ行ってくる、と私は席を立った。洗面所のドアを締めたら、脱衣カゴに、私の洋服が入ったままだったのが見えた。

バスローブを脱ぎ、手早く衣類を身につけた。もう、こんなところに、一秒だっていたくはなかったのだ。

バッグを手に取った。バッグの中に丸井のリボンが見えた。由紀哉がくれた香水だ。

(こんなもの)

これをつけたって、彼が欲情してくれるわけでもないし。私は洗面台にそれをドン、と置いた。何をしたって、もう、私と彼は、ダメなのだから。どんなに着飾っても、どんなに彼を誘惑しても、彼の肉茎は、決して私を貫いてはくれないのだから。

バッグを掴《つか》み、ベッドルームに出た。ハンガーに掛かっているジャケットをサッと取り、玄関に向かう。

「なに？　どこ、行くの？」

ベッドの由紀哉が、慌《あわ》てて起きあがった。全裸のままだった。

「帰る」

私が靴を履いていたら、彼が慌てて走ってきた。バスローブを大急ぎで羽織っている。合わせ目からちらっと、小さなペニスが見えた。

怒りで、彼を蹴《け》り倒したくなった。

「帰るって、何、なんで急にそんなこと言ってるの」

由紀哉はちらっとベッド脇《わき》のパネルを見た。

「まだ、二時じゃん。終電もないし、どうするつもりなの」

「タクシーで帰る」

私はぶっきらぼうにそう言うと、ドアを開けかけた。

「待ってよ、じゃあ俺も一緒に帰る」

「いいの。もう、いいじゃん、そんなことしなくても」

まとわりついてくる由紀哉が、かえってうるさかった。

「これ以上一緒にいる意味ないよ」

そう言うと、彼の顔色が変わった。

「それどういう意味？　もう指名しないってこと？」

「指名して何の意味があるのよ」

由紀哉は急にふてくされた口調になった。

「やっぱ俺が勃《た》たないとダメなんだ」

「そんなこと、言ってない」

「でも、そういうことでしょ」

彼もやけっぱちになっているようだった。

「一応言っとくけど、俺だって咲希ちゃんとヤりたいんだよ。だけど、できないんだもん。しょうがないでしょ」

ドリンクも効かなかった。ガンコなペニス。どうしてこんななのだろう。

「他の女の人とエッチしていて、萎《な》えちゃったこととか、ある？」

「……あるよ」

仕方なさそうにそう答え、由紀哉は、

「俺も着替えてくるよ。一緒に出よう」

となおも言った。

「大丈夫。ひとりで帰る。ホテル入る時にお会計は済ませてあるし、問題ないでしよ」

「……」

由紀哉は一瞬、黙った。そしてまた唇を開いた。

「ねえ、ちょっと待ってよ。結局、それって、咲希ちゃんてさあ、チ○コ勃たないとダメってことなの？」

「ダメってわけじゃないけど」

「だったらいいじゃん。今までみたいに付き合っていきたいんだけどなあ。いろんなお喋《しゃべ》りしたり、一緒にいるだけで充分楽しいでしょ？」

「……」

楽しいといえば楽しい。だけど、由紀哉といると、どうしようもなくせつない。ペニスだけじゃない。彼は、オフロにも一緒に入らないし、道でも自分からは手をつないでこない。

肩なんて一度も組んでくれないし、自分からキスをしてきたことだってゼロに等しい。

触れ合いがキライなくせに、ただ、金が欲しいだけで、ウリセンをしている、最低なヤツ。

高いお金を出してるお客様に対して、最低限のプレイしかさせないなんて、あまりにもズルい。

ヒデキみたいな超美形だったら、客に「触んなよ」とか「触ってやんねーよ」という態度をしても、こんなに綺麗《きれい》な子はモテモテなんだから仕方ないよね、と皆あきらめもつく。

だけど由紀哉はそこまで顔立ちがいいわけでもない。普通の子のクセしてお高くとまっているのが鼻につくから、客も敬遠してしまうのだ。

「もっと、触ってほしいの」

思わずそう言ってしまっていた。

「もっと？　どこを？　ちゃんと、いつも指でイかせてあげてるじゃん」

由紀哉は私を睨《にら》んできた。

「なに、どこをどうすればいいの」

「ねえ」

私は遮った。

「そんなにお金が必要なの？　そんなに私がいなくなると、困る？」

「困るって言い方はなんかイヤだな、でも咲希ちゃんともう会えなかったら、淋《さび》しいよ。咲希ちゃんは淋しくないの？」

「わかんない」

「俺さ……黙ってたんだけど」

由紀哉が定期入れを私に見せた。いつも会社に行く時使っている京急とは違う、JR東海道線の定期券だった。しかも、戸塚。かなり遠い。

「引っ越したんだ。だから、金がかかっちゃったし、新しい部屋、家具も何にもないし、いろいろ物入りでさ、金がいるんだよね」

由紀哉はそう続けた。洗濯機が引越の運搬の衝撃か何かで壊れたのか、回らなくなってしまったのだという。

「だから俺、今、コインランドリー通ってるよ。結構めんどくさくて大変だよ」

「何も知らなかった。びっくりした……」

前とそう変わらない六畳のワンルームなのだけれど、通勤時間が三十分も長くなったのだという。

「なんでそんな遠くに……」

頭を一瞬、女の存在が掠《かす》める。戸塚に彼女でもいるのだろうか。

「もう、仕事、辞めようと思ってさ」

由紀哉は首を横に振った。

「今度のとこ、家賃五万なんだ。前のとこはマンションだったし都心に近かったから八万したの。この三万の差は大きいよ。だって一回のロングの取り分より多いじゃん」

「……ほんとに辞めるつもりだったんだ」

意外だった。

いつも辞める辞めるとは言っていたけれど、口ばっかりで、どうせさっぱり売れなくなってミジメな思いをするまで、店にしがみついているだろう、と考えていたから。

「俺ももう二十三でしょ。あの店の中じゃあトシだしさ、自分の給料だけでやっていける生活を考えなくちゃね」

「……なんで教えてくれなかったの」

胸が熱くなった。

どんな思いで、遠くの街に越していったのだろう。

「だって咲希ちゃんに言ったら、引越手伝うとか言いそうだし」

「言うよ。手伝うよ」

「だいじょぶだって、俺と引越屋の二人いれば全然移動できちゃったし」

由紀哉はやっぱり、という顔で笑った。安心しているかのような自然な笑顔だった。

ウリセンを辞めれば……。何度も見知らぬ人の前に晒《さら》され、緊張で縮こまっていた彼のペニスも、活《い》き活《い》きと身を伸ばして生きていけるかもしれない。

ふと、期待が強まった。もう少し、彼と一緒にいてもいいかな、という気に、なってきた。

由紀哉も敏感にそれを察したのだろう、

「ね、だから朝まではここにいようよ。一緒にソファでおしゃべりしてもいいし、ベッドで寝ててもいいし」

彼の声は優しい。ケンカになる時だけ、優しい声を出す。ずるい人だと思う。

一瞬、夢のようなことを考えた。

店を辞めた由紀哉に、タダで会っている私のこと。

日当たりのいいワンルームマンションのフローリングの床で、彼に組み敷かれ、荒々しく突かれること。

「お部屋に遊びに行ってもいい？」

由紀哉は一瞬ぎょっとしたような顔をしたけれど、すぐに、

「うん、いいけど」

と頷《うなず》いた。

「でも狭いよ。ワンルームだし。田舎だし」

「それでもいい」

私は狭いラブホテルの玄関で立ったまま、彼に呼びかけた。

「ねえ、お店辞めちゃっても、会ってくれる？」

由紀哉は苦みの入った笑いをこぼした。

「……咲希ちゃんとだけは、店を辞めても、会うつもりだったよ」

目の前に、いつもつれない態度のウリセンボーイがいる。一瞬、その笑みにフラフ

ラっとなりそうになった。

もうじきこの稼業《かぎょう》から足を洗おうとしている彼。この売ったり買ったりという深闇の世界から彼が出て行く時、私を連れていってくれるつもりなのだろうか。

だけど。騙《だま》されている気がした。

ハジメを思い出した。ウリセンを辞めた後、私に会っても、お金を要求してきた。

たとえ由紀哉が店を抜け出したところで、結局私達の関係は変わらないのかもしれない。お金をあげる人。そしてお金をもらう人……。

恋人なんかには、永遠になれっこないんじゃないだろうか。

聞くのは怖かった。だけど、聞かなくちゃならなかった。

「ねえ、あなたのお部屋に行く時にも、料金ってかかるの?」

「いらないよ、そんなの」

由紀哉はおかしそうに笑った。

彼は、どういうつもりなんだろう。片足、靴を脱ぎかけた。部屋に戻って、今、彼に抱きつけば、固く抱き返してくれるような気がした。

この人は、私を、助けてくれるかもしれない……。

理屈じゃなく、そう思えた。

ただ、普通に、ただの男と女として、お互いを求め合ったら……。

そうしたら、ペニスを入れるよりもずっと、気持ちのいい瞬間が待っている気がした。本当に、彼と面と向かって付き合える日が、来るのだろうか。

「ねえ、どうして私をお部屋に入れてくれるの？」

「どうしてって、別に。普通に仲いいし。一緒に部屋で過ごしたら楽しいかなって思うから」

「彼女みたいなもの？」

「いや彼女じゃないでしょ」

「じゃあ、何？」

「友達、かな」

由紀哉は初めて「友達」という言葉を出した。

「とりあえず、仲のいい友達ってことで始めない？」

急に、涙が出そうになった。新しい私達の関係が、生まれつつあるような気がした。

目の前の由紀哉が、眩《まぶ》しく見えた。

だけど、次の瞬間、奈落《ならく》の底に落とされた。

「そうだ咲希ちゃんさ、引越祝いくれるんならさ、洗濯機がいいな」

由紀哉は、さらっとそう言った。まるで、それをもらうのが、自分の当然の権利であるかのように。

「洗濯機……いくらだと思ってんの？」

「安いのでいいよ、あ、二槽式はイヤだけど、ほんと、ひとり暮らしで使えるくらいの小さいのでいいからさ」

結局、何も変わらないよ。君は貢《みつ》ぐ人。僕は貢がれる人。そうしないと、バランス取れないでしょ。

彼の魂がそう語りかけている気がした。血の気が引いた。

私はまた、踵《かかと》を靴の中に沈めた。そして後ろ手で、ドアノブを握った。

「どうしたの」

「帰るのよ」

「なんで？　今、せっかくいろいろお話ししていたのに」

由紀哉の眉《まゆ》が一瞬歪《ゆが》んだのを、見逃さなかった。

金づるに逃げられたら、俺が、困るんだよ。

眉が、そう言っていた。愛情らしく見えたけれど、それは、彼のお金に対する恋慕であって、私への想《おも》いでは、なかったのだ。すべてが、その瞬間に見通せた気がした。

「ねえ、じゃあ、もうやめにしようよ」

私は、手を出した。

「私達、友達なんでしょ。だったらさ、さっきあなたが店から日払いしてもらった二万円、私に返してよ」

「……何言ってんの。咲希ちゃん、なんか変だよ」

「変じゃないよ。友達と会うのに、お金もらうの変じゃん」

「今は、まだ俺、店、辞めてないでしょ」

だんだん由紀哉も苛立《いらだ》った口調になっていく。

「俺だって、金に困ってるから、店に出てるんだよ。遊びに来てるわけじゃないんだから」

それくらいの借金、身体《からだ》を売らなくてもちょっと節約すれば返していけるでしょ、と叱《しか》りつけたくなった。

身の丈に合った暮らしをしていれば、あなた、身を滅ぼす必要も、ないはずなのに。急に、今まで可愛《かわい》いなと感じていた彼の切れ長の瞳《ひとみ》が、欲深で見栄《みえ》っ張りのイヤな臭《にお》いを放っている気がした。

その瞬間、抱きたいとか抱かれたいとか、そういう感情も、一気に薄れてしまっていた。

「じゃあさ、お店辞めたら、私、あなたにもう一円だって出さないよ。それでも、友達として会ってくれる?」

この質問にイエスと返ってくるわけないのはわかっていた。

「……」

由紀哉は軽く舌打ちをして、無理に笑おうとしたけれど、ダメだった。

この男も、やっぱり私を収入源としか見ていなかったのだ。

お金を渡さない私など、彼には会う価値もないのだ。

「私って、なんなんだろうね」

震える声でそう絞り出した。

「よくわかったよ。もう追って来ないでよね」

私はドアを開けた。しんと冷えたラブホテルの廊下がそこにあった。

由紀哉はバスローブ姿で俯《うつむ》いていた。私を止める気力もないようだった。

私は、ドアを締めた。

結局すべて、幻だったのだ。

現実はこんなにも、冷たい。

そして私は、愛されていないかもしれないと感じつつも、彼をどこかで信じていたかった……。

でももう、終わった。由紀哉が、本性を見せてしまったから。

涙も出なかった。一階に降りて、自動ドアを開けて、外に出た。

まだ暗い道を歩き始めた途端、何台ものタクシーが目に止まった。中にいる運転手数人の視線を浴びた。

どの男も、

「俺を選んでくれ。そしてお前の財布から、金を落としていってくれ」

と訴えかけていた。

私は一番近くにいたタクシーに向けて手を上げた。世田谷まで、と告げると、五千円はかかるからか、運転手は嬉《うれ》しそうに目を輝かせ、車を発進させた。

第4章

由紀哉を買わなくなって、もう、どのくらい経《た》つのだろう。

あの日、誕生日の夜から、私は、彼と会っていない……。

私は彼を、捨てたのだ。彼は捨てられたとは思っていないかもしれないけれど、私は、私の意志で、あの勃《た》たないペニスを捨てたつもりだった。

由紀哉とは、一度だけメールでやりとりをした。

『ごめんね、やっぱりこれ以上由紀哉に会っても、つらくなるばかりのような気がするから……だから、ごめんね』

由紀哉からの返信はこうだった。

『あやまんないでよ!! 咲希ちゃんが悪いんじゃないよ!! 俺がいろいろ悪いところがあったと思う。今までありがとう。こっちこそごめんね』

メールを受信したその時は、叫びたいような衝動が起きた。

(今頃ごめんと言ったって、もう、遅いのよ)

そうなじってやりたかった。

由紀哉ともう一度会いたいという気持ちは、結局一度も起きなかった。

なぜなら、また会ったところで、私たちは繋《つな》がることができないのだ。だったら会ってお金を払うだけ、私が損だから……。

彼に夢中だった頃にはわからなかったこと、見えなかったことが、時間が経った今、たくさん理解できるようになってきていた。

私は、ペニスにかなりこだわっていたけれど、本当の望みは、セックスにあったわけではなかったのだ。それは確かなことだ。

由紀哉と私。

売る男と買う女。

本当なら、たった一晩だけの後腐れない関係のはずなのに、私が「恋愛」を彼に望んでしまっていたのだ。

もともとないところに無理矢理「愛情」とか「信頼」とかを置こうとしたから、たくさんの歪みができた。

由紀哉の冷たさが不安で哀《かな》しくて、だから私はセックスに望みを集中させていた。いやというほど突かれまくれば「愛されている」と錯覚することができる。白くて熱いどろりとしたものを私の下腹部に流し込んでくれれば、それが彼の愛だと女の身体は勝手に解釈する。セックスの悦《よろこ》びは、愛されていないかもしれないという不安を一気に消してくれる。だから、私は由紀哉としたかったのだ。

ほんとうは。

セックスなんてなくてもよかった。由紀哉が、私を心底愛してくれているのであれば。

由紀哉が、愛《いと》おしそうな瞳で私を見つめてくれていれば、時々、宝物に触れるような手つきで、そっと私の髪に触れてきてくれれば。

本当は、それだけで、充分私は、満足だったのに。大事にされて、いたわられれば、女なんてそれで、満足できるのに。

私は近頃、ハジメと三日と空けずに会っていた。まだ私は、セクシーパブでのバイトを続けていたし、彼はしばしば店に私を迎えに来た。そして私を家まで送り、セックスをして、私からお金をもらって帰っていく。

ハジメは、ただひたすら、私ではなく私のお金に会いに来ていた。それが分かっているくせに、私は、ハジメに、会うたびに最低でも二万円は渡していた。私には、ハジメしか、いなかったのだ。そして彼がいなくなってしまうことが、とても、怖かった。

もし、ハジメが去っていってしまったら……。三十歳の私の身体を、一体誰が、慰めてくれるのだろう？　またウリセンバーに行く勇気は、もう私にはなかった。由紀哉とバッタリ会ってしまうのもイヤだったし、それに、また他の誰かを買って、セックス不能状態に陥られたら、それこそプライドが傷ついてしまうから。

本当はハジメと付き合っていても、何の意味もないことは、わかっていた。お互いにただ、惰性で会っているだけで、共鳴するものなど、何ひとつないのだから。

それはハジメだって同じだと思う。次第にメールの返事もおざなりになり、セックスの頻度も減っていった。だからどんどん私は惨《みじ》めになった。

私はハジメより愛のあるセックスをしてくれる男が現れたら、すぐにその人に乗り換えるつもりだった。

そしてそれはハジメも同じだったに違いない。彼は彼できっと、私よりいい金づるが出てきたら、何のためらいもなく、私をほったらかしにするに違いないのだ。

でもハジメは決して私との縁を断ち切ることはしないだろう。

いつかまた、女の数が足りなくなった時や、金が必要になった時、また関係を復活させることができるように、つかず離れずの仲で、きっとこれからも行くつもりなのだろう。

「あれ」

シャワーを浴びているハジメのトランクスを洗濯機に放り込もうとして、私は手を止めた。複雑な幾何学模様の柄だった。いつもチェックのトランクスばかり選んでいる彼なのに。だから私も買い足す時は、いつもチェックにしていたのに……。

ヒロココシノ、とブランド名がプリントされてあった。ヒロコ、という女名前に軽い嫉妬《しっと》が起きた。

「どうしたの、これ」

私は下着をハジメに見せた。

「ああ……」

彼は一瞬、答に詰まった。誰かにもらったんだな、と確信できた。

「知り合いのブティックの人が、みんなにどうぞ、って、差し入れに持ってきてくれたんで、一枚もらったんだよ」

「トランクスを？　差し入れに？」

最近ハジメは友達のデザイン事務所を手伝っている、と私に言っていた。そして夜に連絡がつかないことが増えていた。

「うん、何か試供品だっていって。だから俺だけじゃなくて、みんなもらってたんだ」

ハジメの言ってることは苦しい嘘《うそ》なのだろう。

ただ単にどこかの女の部屋に泊まるようになって、その女が新しいトランクスを彼に穿《は》かせただけに違いない。

挑戦状を受け取ったかのような気がした。そのトランクスを通して、どこかの知らない女が、ハジメをもらうわよ、と宣戦布告している気がした。

今日も、私はハジメの乳首を吸おうとして、ふと気がついた。

「……どうしたの、ここ？」

赤いシミが、乳首のすぐ脇《わき》に付いていた。

「あ」

ハジメが困った顔をした。すぐに私もキスマークなのだ、と気がついた。

ハジメには誰か他に女ができて、その女は、私に、自分の存在を伝えようとしてきている。

急に悔しくなった。

別にハジメなど、心の底から愛しているわけではない。だけど、こうやって人を不快にさせることをしてくるその女のやり口が、気に入らなかった。

「私も、付けちゃおうかな」

そう呟《つぶや》くと、

「だめ」

ハジメがぴしゃりとそう言った。

「嘘よ。私は、そんなつまらないことはしないわよ」

ハジメはそんなこともうどうだっていいだろ、とばかりに、

「ねえ、舐《な》めてよ」

と腰を突き出してきた。ハジメのペニスが大好きだった。だって、素晴らしく勃ちがいいから。いつもぴん、と天を向いていて、私としたくてウズウズびくついていたから。

ハジメの元気なおち○ち○を、私は下から上へと、丁寧に舐め上げていった。

しぼんじゃうかもしれない、という由紀哉の時のような変な怯《おび》えは、そこにはなか

った。安心して、この立派なペニスを頬張ることができた。だから、ハジメから、私は離れることが、できないのだ。

誰にも貫いてもらえない、淋《さび》しい女になるのが怖かったから……。

(ねえ、恋人になれなくてもいいから、もう少し、こうやって私と遊んでね)

口いっぱいに彼のペニスを詰め込みながら、私はじゅぷじゅぷとそれをねぶり上げた。

(お金ならあげるから、だから、いっぱい、私を、めちゃめちゃにして)

心の中のつぶやきが聞こえたかのように、ハジメが私の上にのしかかってきた。入りたくて入りたくてごりごりに固くなっていた彼のペニスが、私の中に、にょるん、と入ってきた。

「ああ、ハジメ」

彼はいつも、正常位ばかりだった。

「ああ……ハジメ」

手抜きしているのかな、と、体位が同じものばかりだと、不安になる。だから今日は、ワガママを言った。

「たまには、後ろから、して……」

「……」

ハジメは一瞬、驚いたように動きを止め、そして、

「しょうがないなあ」

と肉棒を引き抜いた。

そして私をよつんばいにさせると、イヌのように、後ろから繋がってきてくれた。

「ああ……ッ、うれしい」

ごりゅん、と、勢いよくペニスが侵入してきた。

「うれしい、うれしい」

私はペニスの動きに合わせるように、一緒になってお尻《しり》を振った。

「ああ、ああ、あ」

いつもと違う場所を、亀頭《きとう》が突いてくる。眠っていた部分が目覚めていくかのような、そんな女の悦びに、全身が満たされていく。

「ああ、もっと、お願い、もっと」

私は必死にお尻を揺すった。

毎日のように、知らないオジサンとディープキスをして、稼いでいる。ろくに会話もしないうちから身体《からだ》中を撫《な》で回されている。そんなせつない仕事をしているのだか

ら、男との触れ合いなんて、充分なはずなのに。

やっぱり、愛がないと。

それが、たとえニセモノの愛でも。「咲希」という生命を仕留めることだけを考えて、びぃんと身を固くしている肉の刀。それを振りかざしてくる男じゃないと、やっぱり満足はできなかった。

「帰るの？」

ハジメが帰り支度をしているのを見て、私は驚いた。もう午前二時を回っている。いつもだったらこのまま二人で、狭いベッドで抱き合って眠るはずなのに。

「うん、ちょっと、仕事、やり残しちゃってるから」

ハジメは仕事のせいにしたけれど、きっと女、なのだろう。

「咲希ちゃんが買ってくれたマックで、今、仕事してるんだよ。今、俺しか会社にデザインできるやつがいなくてさ、コキ使われてる」

破れたジーンズにだらんとした長袖《そで》Tシャツ。そんな姿で仕事に行くのと聞いたら、

「ああいう業界ってさ、ラフじゃないとかえってヘンなんだよ」

と平気な顔で言ってのけた。だけど、仕事をしている男が、こんなぼうっとした、

今にも眠りそうな顔をしているだろうか、もう少しきりりとしているだろう、と、実際毎日会社で働いているこちらは本当は見抜いてしまっていた。

ハジメは嘘をついている。だけどそれが嘘だということを追及して、お互いが冷めてしまうのは少し早すぎる気がして、何も言わずに、彼を送り出すことにした。

私のマンションの裏に空き地があり、彼は車で来た時はいつもそこに停めていた。この間、灰皿に口紅のついたヴァージニアスリムが入っていた。彼は、

「パンフレットの撮影に使ったモデルさんを助手席に乗せたから」

と言ったけれど、きっとそれも嘘なのだろう。彼は私よりもいい人を見つけたのだろう。私よりも美人なのか、私よりも金持ちなのか、それは、わからないけれど。

「ちょっとトイレ」

出ていく前に彼がそう言った。最近彼はよくトイレに入る。そしてしばらく出てこない。お腹《なか》の調子が悪いと言っていたけれど、そうではない。

彼は、携帯電話を握りしめて個室に入っていった。彼は、トイレの中で、女にメールを送っていたりしたのだろう。

しばしの空白時間に、私は何気なく、洗面所のゴミ箱を見た。ティッシュが丸まって入っていたが、その隅から、銀色が光って見えた。

クスリのカプセルが入っていたであろう、ブルーと銀色のシートだった。中味は空っぽだった。

銀色の紙を、つまみあげた。何のクスリなのか気になった。

そしてシートの裏の銀紙を見て、指先がさあッ、と冷たくなった。

そこにはこう書かれていた。

『バイアグラ25㎎・ニトログリセリンなど硝酸薬と本剤は併用できません』

目を疑った。

まさか、と思った。

でもこのシートが、中味が空っぽのままティッシュにくるまって私の部屋に落ちているということは……。

「さてと」

後ろで声がして、びくッ、と飛び上がった。

「……どうしたの？」

よほどひどい顔色をしていたのだろうか、ハジメが心配そうに尋ねてくる。

「これ……何？」

私がシートを差し出すと、彼はハッとしたように目を見開いた。

「何、って何？」

「だからバイアグラ。これ、飲んだの？」

「……」

言い逃れはできないと思ったのか、ハジメはしぶしぶながら認めた。

「もらったんだ」

「もらった？　誰に？」

「友達。クスリ売ってる友達がいて、流してくれた」

私の頭の中は、ショックでうまくいろいろなことが理解できなくなってきていた。

私とのセックスの前にバイアグラをなぜ、飲む必要があるの？

「どうして、飲むの？」

「どうしてって、なんかもうクセで」

ユンケルみたいなもんだよ、とハジメは悪びれずに答えた。

「バイアグラってさ、ハンパじゃなく効くんだよ。飲んでちょっとすると、ビンビンになるんだ」

だからウリセンをしていた頃、指名が入るたびに飲むようにしていたという。

「客だって、おっ勃《た》ってるモノのほうが、喜ぶから。こんなに感じちゃって〜とか言われて、ゲイのオジサンにも、五十代のオバサンにも、いっぱい喜んでもらえたよ」

ハジメは得意げだったけれど、私は目の前が真っ暗になりかけた。

「私とセックスする時、いつも飲んでたの？　飲まないと、勃たないわけ？」

ハジメと重なり合った日々が、とても無意味なものに思えてきて、両手で顔を覆《おお》いたくなった。ハジメは私に欲情していたわけではなかったのだ。

ただ、プロの売春夫として、私に「ご奉仕」してくれていただけだったのだ。愛なんて、そこにはなかった。ただのビジネスだったのだ。

ハジメの、ぴんと張った肉茎。

あれは、私への愛情表現だと思い込んでいた。

こんなウラがあったなんて……。

「俺だけじゃないよ」

ハジメは言い訳をした。

「他のボーイも、結構飲んでたよ。だってもともとノンケだから、そうでもしないと、オジサンの前じゃなかなか勃起《ぼっき》しないから」

「私は女でしょ」

びしりと言い返した。

「それなのに、どうしてバイアグラなんて、飲むの？　飲まなきゃ勃たないくらい、私……、魅力ない？」

ハジメは痩《や》せて目が浮き出た顔で、ぎろ、と私を睨《にら》んできた。

「お前なんかで勃起すると思ってんのかよ」

などと捨てゼリフを吐かれたらどうしようと思っていたのだけれど、やんわりと彼はごまかそうとしている。

「なんかバイアグラ飲まないと逆に、不安なんだよ……クセになっちゃった、って言ったでしょ」

彼はそして、私の目を見ながらこう言った。

「ウリセンの仕事はとてもイヤだったけど、咲希ちゃんとエッチしている時だけは、全然イヤじゃなかった。むしろ呼ばれると、嬉《うれ》しかった。だから、やめた後も、こうして会ってるんだよ」

その言葉を信じたかった。だけど、信じるには、私はいろんなことに騙《だま》されすぎた。

彼は何人ものお客さんに同じ車検代の請求書を見せ、その代金を出させていた。だから実際彼が懐《ふところ》に入れたのは代金の数倍の金額だった。それがウリセンバーのマスターにバレて、彼はクビになったのだ。

だから。

ハジメはきっと私だけじゃなく、何人もの人に、

「あなただけだよ」

と訴えかけ、そしてもしかしたら、店をクビになった今でも、何人かから金を引っ張っているのかもしれない。

私は、今まで何をしていたのだろう。

どっと疲労感が出てきていた。

たった一本のあの棒のいきり勃ったさまを、私は、ずっと信じてきた。それなのに、人工的にエレクトさせられていただけのモノだとしたら。

私がずっとハジメに抱いていた、愛されているという実感、ずるい男だと思いつつお金を渡していた女心……。すべてすべて裏切られてしまった。

由紀哉は勃起しなくて、私はそれに苛立《いらだ》った。そしてハジメはクスリで勃起させていて、私をガッカリさせた。

「……もう、会うの、やめようか」

思わずそんな言葉が口をついていた。そうしたらハジメが慌《あわ》てて取り繕ってきた。

「だって、咲希ちゃんだって、勃起しないより、したほうがいいでしょ」

「でも、ニセモノの勃起なんていらない」

「そんな、スネないでよ。俺は本気で勃起してるつもりだよ」

クスリに頼り過ぎちゃってたことは反省するよ、これから少しずつ減らしていって、普通にセックスできるようになるからさ、と彼としては珍しく改善案まで出してくれた。

それを淋《さび》しい思いで聞いた。彼は、私の身体ではなく、お金が必要なのだ。私の身体や愛なんかじゃなく、きっとお金が、必要なのだ。

さっきの射精の時のハジメの精子が、不意に思い出されてきた。コンドームに流し込まれた量が、いやに少なかったのだ。いつもの半分以下だった。

「少ないね」

と驚いたら、

「いつもこのくらいだよ。少ないねってみんなに言われるよ」

と彼は言ったけれど、それにしても僅《わず》かだった。

今頃、気づいた。

彼はきっと、私をセクシーパブに迎えに来る前に、他の女とセックスしていたのだ。キスマーク、トランクス、そして精子の量と三つ揃《そろ》えば誰だって察しがつく。

そしてハジメは今晩、その女のところなのかどこかはわからないけれど、私と眠りを分かち合うことすらせずに、部屋を出ていこうとしている。

彼は居心地が悪そうに、ちらちらと携帯電話を覗《のぞ》き込んで、

「ごめん、ちょっとそろそろ仕事に行かないと。明日の朝イチまでに仕上げなくちゃならないデザインがあるから」

などと切り出してきた。これ以上私と一緒にいても、薬のことで責められたり問い詰められたりするだろうから、つまらないのだろう。

膝《ひざ》をそわそわと揺らしながら、ちらちらと玄関の方を見やっている。とても居心地が悪そうだった。

こんな男だったら、いないほうが、いい。

心の底から、そう思えた。バイアグラで無理矢理勃起して入れてもらってまで、セックス、したくない。そんなセックスにお金なんか、出したくはない。

でも、また、ひとりになってしまう……。

不安や淋しさとかが湧《わ》き上がってきたけれど、だからといってもうこれ以上ハジメと関わるのはごめんだった。二度とお金を出す気に、なれなかった。

だけど黙って送り出すのは悔しくて、最後に少し、意地悪を言った。

「今つきあってる女の人は、あんまりお金がないの？　だからその人ひとりに、絞りきれないってわけ？」

「……」

彼が言葉に詰まった。何もかもわかってるのよという顔で、私はハジメを見据えた。

「そんな女の人、いないよ。なんでそんな風に言うの」

「だってトランクスとかキスマークとか」

「あれは、女じゃないよ」

ハジメは唇を尖《とが》らせた。

「ウリセン時代に可愛《かわい》がってくれた飲み屋のマスターと、まだ続いてるから。時々会ってお小遣いもらう。すごい世話焼きな人で、だから……、トランクスも、くれたんだ」

さっき「試供品」だと言ってたくせに。また話が全然違う。何もかもが口から出まかせなのだ。

「もう、いいよ」

私から、彼の話を打ち切った。いたたまれなかった。

とにかく相手が男であれ女であれ、ハジメを〝共有〟している相手がいる。それが、イヤだった。聞きたくなんかなかった。

「もう行きなよ。時間、大変なんでしょ」

「あ、ああ、そういえば、うん、結構やばいかも」

ハジメの目はぎらぎらとしていた。いつもお金がない、お金がないとばかりぼやいている彼。私から毎週もぎとっていくお金はいったい、どこにやってしまうのだろう。

「仕事で付き合いがあって奢《おご》ったりもするし、ガソリン代だってばかにならないし、すぐ、なくなっちゃうよ」

と彼は言う。汚れたスニーカーが玄関に乱暴に脱ぎ捨てられている。こんな靴を履いている男の、私は一体、何を信じていたのだろう?

「じゃ、そろそろ」

ハジメが後ずさりをした。

「ねえ」

私は言った。追いかけるつもりはなかった。

「一粒幾らで売ってくれる?」

「……なにを?」

「バイアグラ」

「えッ、咲希ちゃん、使うの？」

「お守りみたいな感じでとっておきたいの」

「そんなこといって、いい人できたんじゃないの？」

「違うわよ。でも一つ持ってたいの」

「いいよ」

ハジメはしばらく考えてから、

「最近、人気高くて品切れ起こしかけてるし、貴重なものだから……。一粒一万円だけど、いいかな」

私は苦笑した。いくらなんでもそこまで高いわけがない。思いきりふっかけてるのだ。でも、いちいちそれを手に入れるために奔走する手間を考えたら、ここで一万円を出すほうが面倒じゃなくていい。

「いいわ」

私は彼にお札を握らせた。福沢諭吉が苦笑いしているように見えた。

「じゃ、これ」

ハジメは財布の中から青い錠剤を渡してくれた。こんな青い色のクスリを見るのは、初めてだった。

「ほんとハンパじゃなく効くよ。ギンギンになるから、すごいよ」

これで最後だと私が考えていることなどハジメは気づいていないらしく、明るく、

「じゃあね」

などと手を振って、外に出ていった。きっとまた近いうちにセクシーパブに私を迎えに来るつもりなのだろう。でももう二度と私は彼の車に乗らない。彼にあげるお金なんて、もう、一円だってない。


ハジメからバイアグラを買った数日後。

私は歌舞伎町《かぶきちよう》のドンキホーテの前で、由紀哉を待っていた。

もう、彼を買わなくなって、三ヶ月以上が経《た》つ。

二度と会わないつもりだったのに。土曜日の夜、ウリセンバーに電話したら、マスターが出て、

「ちょっとぉ、咲希ちゃん、ごぶさたじゃないのぉ」

と明るく私をなじった。

由紀哉はまだ在籍していた。だったら彼をドンキ前に来させて、と思いきって、呼び出した。

私は財布の中に、青い魔法の粒を、忍ばせてきていた。このクスリだったら、私と由紀哉がどうしても遂げることができなかったことを、実現させてくれるかもしれない。

一万円も出してバイアグラを手に入れたからには、やはり、由紀哉で試してみたかった。

この三ヶ月、由紀哉からは一通の営業メールもなかった。

けれども正直、全然淋しくなんてなかった。それはハジメがいたからというのもあるけれど、追いかけてこられても「どうせ勃《た》たないんでしょ」と腹が立つだけだから、いっそ、連絡を絶ってくれたことが有り難かった。

歌えない歌手。

料理できないシェフ。

由紀哉は私からすれば、そんな存在だった。

セックスできない売春夫。勃起《ぼっき》すべきペニスを勃起させることができない、プロではない男。

そんな男に対して残った感情は、愛情ではなくて、軽蔑《けいべつ》だけだ。

由紀哉はよく、

「俺はバイトだし」

と言い訳していた。本職は駐車場係というのがちゃんとあるし、あんまり無茶な要求されても困るよ、と。そしてそんな彼を私もずっと許してきた。私も、甘かったのだ。

信号が変わった。

ドンキホーテの向かい、タイトーゲームステーションの前から、懐《なつ》かしい顔がこちらに向かって進んでくるのが見えた。

由紀哉だった。

私に気づいて、少しはにかんだ笑顔を見せた。

前髪が伸びていた。髪が少し明るめの茶色に染まっていた。少し、顔もほっそりとしたみたいだった。

だけど、由紀哉は由紀哉だった。変わってはいなかった。そしてきっと、彼のいじわるなペニスも、変わってはいないのだろう。

「久しぶりね」

「……おひさ」

由紀哉は遠慮がちな声だった。どうして私が彼を呼びだしたのか、わからないのだろう。少し緊張しているようにも見えた。

「まだ、いたんだ。辞めるとか言ってたくせに」

「……いたよ。金、ないもん」

相変わらずだなあ、と私も苦笑いをした。どうして身体《からだ》を売る男の子達は、金銭感覚がないに等しいのだろう。その日その日だけやり過ごして、将来設計なんて、何も考えてはいない。

まるで、自分達に未来など、ないかのように。

由紀哉と私は、靖国通り沿いにある『珈琲貴族』という喫茶店に入った。ドン・キホーテから大した距離はなかった。いつもだったら恋人同士のように寄り添って歩くのに、私達は他人同士みたいに離れて歩いた。何を話していいのかよくわからなかった。一杯八百円もするコーヒーを頼んでからも、二人の間は沈黙が流れがちだった。

「洗濯機、どうなった?」

「買ったよ。自腹で」

「そう……」

引越し祝いに買ってくれ、と彼がせがんできたことが、まるで昨日のことのようなのに。由紀哉は新しい部屋になって通勤は三十分遠くなったけれど、わりと快適だよと言った。

「でも近くの病院とかわからないからさあ、この間、大カゼひいた時は、どうしようと思った」

「そっか、大変だったんだ……」

もしも。もしも関係が続いていれば、由紀哉と私は毎日メールを交わしていたのだから、カゼをひいた彼の看病に飛んで行ったかもしれない。私は客ではなく、ただの女として彼の部屋に行き、そしてかいがいしく身体を拭《ふ》いたり、おかゆを作って食べさせたりしたかもしれない。

そして回復してきた彼と、自然な形で結ばれただろうか。

「私がいたら、おかゆくらい作ってあげたのにね」

「大丈夫だよ。友達が、差し入れにきてくれたりしてたから」

「友達って男？　女？」

「……女だけど」

「へぇ。そうなんだ。いいわね、お見舞いに来てくれる女の子、いるんだ」

少し、胸にチクッときた。由紀哉は「友達」と言っているけれど。それは本当は彼女かもしれない。以前だって、恋人と豪華なクリスマスを過ごすためにウリセンで働いてお金を稼いでいた彼なのだ。女ができたからといってこの仕事をおいそれと辞めたりなどは、しないことだろう。

「借金、少しは減った？」

「減ってないない」

由紀哉はダメダメという感じで自分の顔の横で手のひらをひらひらとさせた。

「逆に増えてるし」

「増える？　なんで？」

「引越ししたじゃん。その時、借金したから……」

「えッ」

絶句した。てっきりウリセンでお金を貯《た》めて、引越費用にしたのだと、思っていたから。

「どこで借りたの」

「サラ金とかは金利高そうで怖いし、まだバイクのローンあるからこれ以上貸してもらえるかわかんなかったから、親に借りたんだ」

「親!?」

「そう。だからこれから毎月少しずつ親に金返していかなくちゃならないし、大変だよ」

彼は軽くそう言ったけれど、でも、返す気持ちなんて全然なさそうに聞こえた。親は何も知らないのだろう。自分の息子が身体を売りまくり、その金はどこかに遣ってしまって、引越す費用すら工面できずにいるのだということも。

そして自分の息子のペニスが、すぐ萎《な》えてしまうということも。

「咲希ちゃんは、どうなの?」

「えッ……」

一瞬、顔が強張った。私の借金のことを言われたのだと思ったのだ。

でも由紀哉には、借金があるということも、セクシーパブで働いているということも、秘密にしていた。

「どうなの最近は」

そう、彼は、私の近況を尋ねてきたのだ。

「どうってことないわよ、毎日会社行って、データ入力とかして……それで家に帰ってテレビ観《み》て寝るだけ」

「普通じゃーん」

「普通だよ」

「全然金、使ってなさそう。貯まるでしょ」

「……」

そうよねあなたを買ってなかったしね、とイヤミを言ってやりたかったけれど、やめた。

全然お金なんて、貯まってはいない。ストレスが貯まるから外食したりつい洋服やアクセサリーを衝動買いしてしまってもいた。疲れてタクシーにも乗ってばかりいた。セクシーパブには私服デーが月に二回ある。その時のために少しセクシーなホルダートップスも必要だった。そうしたものを見繕ったりしているうちに、お金はスルスルと、すくい上げた砂が指の股《また》から滑り落ちていく時のように、私から逃げていった。

「由紀哉はどうなの？　最近何して遊んでる？」

「俺？　俺は先週末、友達と伊豆の温泉ホテルに遊びに行ってきたよ。レンタカーでベンツ借りてさ」

「ベンツ？　幾らするの？」

「結構安かったよ、二十四時間で五万円」

「ホテルは？」

「ええと、ホテルも五万円くらいかかったかな」

「ひとりで？」

「いや、ふたり……」

言ったあとで、由紀哉は少し、しまった、というような顔をした。

私も心が少し暗くなった。彼は多分女の子と行ったのだろう。

相変わらず身体を売ったお金をそんなデートに注ぎ込んで、とんだ見栄《みえ》っ張りだ。

「もっと安く済ませることだってできるのに、なんで借金あるくせにそんな生活してるのよ」

「いいじゃん、たまには俺だって豪華にやりたいよ。そうじゃなきゃ生きてる意味ないでしょ」

高級車、高級ホテル、そういえば昔の彼女とのクリスマスも高級シティホテルにブランドバッグという型にはまった行動を彼は続けていた。彼が身体を痛めつけてでも欲しいものは、こうした一瞬だけの本物主義なのだろうか。それは見知らぬ人に撫《な》で回されることと引き替えにしてでも手に入れたい世界なのだろうか。バカみたい、と心の中で毒づいた。そして、彼が張り込んだかもしれない女の子のことを憎く思った。

きっと私がオヤジにキスされまくって作ったお金が、その旅行の一部にあてられていたに違いないのだから。

彼はエルメスのフールトゥを持っていた。バレンタインに誰かからもらったというブランドバッグ。これを由紀哉に贈ってくれた女の子と、彼は伊豆に行ってきたのだろうか。心が嫉妬《しっと》でどんどん曇っていった。

「ねえ、この三ヶ月、私に会いたくなったり、しなかった？」

「会いたかったよ、そりゃ」

由紀哉は目を何度も瞬《しばた》かせた。

「だけど、あれ以上深追いしても、カッコ悪いでしょ。咲希ちゃんは許してくれなさそうだったし、俺は俺で、絶対ブチ込めるようになるって保証もないし」

あの時はごめんね、と由紀哉は顔をくしゃ、とさせて、泣き笑いみたいな表情になった。

「ううん……」

私は静かに首を横に振った。

『珈琲貴族』のブレンドコーヒーはかなり濃くて、だから頭が少し冴《さ》えてきていた。

「由紀哉はお店では、どう？」

店にはどんどん若い男の子が入ってくるだろうし、売れ残る日が増えてきたのではないだろうか。

「それがさ、意外や意外、最近、売れてるんだよね」

由紀哉は少し得意そうに鼻をこすった。

「前髪が伸びてきたらさ、ちょっと色っぽいとか言われてさ」

「ふぅん、リピーターもいっぱいついてる？」

「それは、そうでもないけど。でも、一見さんに指名される確率はグンとアップしたよ」

「ふぅん」

私は少し面白くなかった。由紀哉には、うらぶれていってほしかった。毎日売れ残るようになって、自らの意志でウリセン人生に見切りをつけて欲しかった。

だから初回の客だけとはいえ、売れているということが、小憎らしかった。まだふんばるつもりなの、あんたなんかとっくに終わってるのに、と毒づいてやりたかった。

彼のこと何もかもが、今夜の私は、許せなかった。

「で、どうする？　今日は」

由紀哉が私を見た。彼の瞳《ひとみ》の奥に、少しだけ恐怖のようなものが見えた気がして、私は哀《かな》しかった。

愛し合っている男女だったら、自然と、もっと近づき、抱き合い、そしてひとつに繋《つな》がりたいという感情が湧《わ》いてくるはずだ。

だけど由紀哉は、私とそうなることを、拒んでいるように見えた。私のことが嫌いだからなのか、それともインポテンツである自分が嫌いなのか、どちらなのかは、わからないけれど。

「どうするって」

私は時計を見た。午前〇時近かった。いつのまにか一時間以上もこの喫茶店にいたことになる。

夜十時から翌朝十時までの『ロング』で買っているからには、私が彼とホテルに行くつもりであろうことは百も承知なはずなのに、どこかその展開を避けたがっているように見えるのは、それは、まだ彼が自分のペニスの勃起《ぼっき》力に自信がない、何よりの証拠だった。

「これ、あげる」

私は財布から三万円と、青い粒の入ったドラッグシートを取り出し、テーブルの上に置いた。

「……」

由紀哉は難しい顔をして、それを摘み上げた。

シートを裏返し、バイアグラの文字を認めると、ため息をついた。

「……勘弁してよ」

つきあいきれない、といった表情で、彼は私を見た。

「久しぶりに会ったのに、いきなりコレ？」

「三万円のモトを、取りたいだけよ」

今日は私も負けてはいなかった。私は彼とデートをしたいわけではない、セックスするために、呼び出しているのだから。

「咲希ちゃんは、ほんと、好きだね」

だけど俺飲まないよ、と由紀哉は私を睨《にら》みつけた。今までは切れ長の瞳がスキッとしていて綺麗《きれい》だなと思っていたはずなのに。今日はその目がいじけたいやな表情にしか見えなかった。

この男と今夜、私はセックスしようとしている。一万円のバイアグラを使って、一晩三万円の代金を支払って、そしてラブホテル代もここのコーヒー代も、自腹で。

「俺、クスリは苦手なんだよね。ほら病院の駐車場で働いてるでしょ。ああいうとこにいるから、人一倍クスリとかに敏感になっちゃうよ。投与ミスの話とかもたまに聞くしさ」

「大丈夫よ」

私はネットで得た知識を彼に話した。

「バイアグラは副作用はほとんどないっていうから」

「……ほんと？」

「心臓病の人以外はそんなに心配ないってことだけど」

「ふうん……」

由紀哉は片手で銀色のシートを弄《いじ》った。そして、

「飲んでみよっか」

と意外な一言を出してきた。

「実はさ、同じ店のヤツでバイアグラ飲んでるヤツがいてさ、すっげぇ効くっていうから、一度試してみたいなとは思ってたんだよね……」

ラブホテルの部屋は、私と由紀哉の身体《からだ》を青白く照らし出していた。

ブラックライトのせいだった。私達は部屋の他の照明を落とすと、ただその光だけ

を、浴びていた。

由紀哉の身体は変わっておらず、白くて、そして少しむちっとしていて、弾力があった。骨に触れることができるようなハジメの身体とは、全然違った。ハダカになった私達は、静かにベッドの上で、抱き合った。

「静かだから……」

と、私は有線放送のパネルで、ラブバラードを選択した。聞こえるか聞こえないかの微《かす》かな甘い音量が、私達を包んでいく。

由紀哉は『珈琲貴族』のコップの水で、青い錠薬を、流し込んだ。それから歌舞伎町のはずれのラブホテルに入り、交互にシャワーを浴びて……。

本当にそれが効いてくるのなら、そろそろのはずだった。

私は、怖かった。

久しぶりに由紀哉と重なり合うのが怖かったのではない。

また彼が勃起しないのではないかということが、怖かったのだ。かけたお金や時間がもったいないというわけではなく、私の目の前に、広大な虚《むな》しさが広がっていきそうで。

なんでこんなに、彼とのセックスにこだわっているのだろう。セックスしてもらわないと自分を認めてもらえないかのような、そんな不安感が、ものすごく私の中に渦巻いている。

由紀哉とは、たまたま相性が合わなかっただけかもしれない。彼のことなど見切りをつけて、他の男を探したほうが、ずっと、セックスができる可能性は高いのに。

また、私は、彼に挑んでいた。

（ねえ、私に欲情してよ）

心の中でそう囁《ささや》きかけながら、彼の首筋を撫で、そして、ベッドの中でもつれ合いながら、キスをした。

（勃《た》ってよ。私を、認めてよ）

泣きたくなってきていた。由紀哉の身体が、うんと遠いもののような気がしていた。振り向いてほしかった。今夜こそ。

久しぶりの由紀哉の唇は、冷たかった。温めてあげたくて、私は唇全体を包み込むように大きく口を開いて、それを含んだ。

ペニスを探るのは、怖かった。

また、ふにゅふにゅの小さな肉片のままだったらどうしようと思うと、彼の股間《こかん》に手を伸ばす気には、なれなかった。

けれど、抱き合い、身をこすり合わせているうちに、やがて、こりこりとした固い棒が、私の下腹部に当たった。

（うそ……）

ベッドの上にしゃがむと、彼の股間を覗《のぞ》き込んだ。

「立ってる」

由紀哉は少し呆然《ぼうぜん》としたような顔を、していた。

ブラックライトに照らされ、彼の肉根は、神々《こうごう》しく、そびえていた。

「立ってるよ、意味なく、立ってる」

ブラックライトに浮き上がり、ほの白いエネルギーを放っているかのように見える、彼の大切な部分。

私はぺたんと両手をその近くのシーツに置き、肉の塔に顔を近づけた。

それは頬ずりしたくなるくらいに、可愛《かわい》らしく背筋をぴんと伸ばしていた。

ずいぶん久しぶりに、こんなに隆起している彼のモノを見た気がした。

近未来的ブルーの色は、由紀哉の体の中に、しみ込んでいったのだろうか。肉の棒がブラックライトで青っぽく輝いているのは、バイアグラのせいなのかと、一瞬、勘違いしてしまいたくなった。

「なんか、情けないな。クスリで無理矢理勃たせてて」

口ではそんなことを言っていたけれど、由紀哉は、少し誇らしそうに、ベッドの上で仰向《あおむ》けになったまま、顎《あご》を反らした。

由紀哉もきっと、今まで、相当のプレッシャーを感じていたに違いない。今日も緊張していたから、勃起するか心配だっただけに、雄々しいペニスになってくれて、私はとてもうれしかった。

「……気分は、どう？」

「よくわかんないけど、でも」

由紀哉は真剣な顔をしている。

「なんだかチ○ポの根っこのところが痺《しび》れてるような、縛られているような、くすぐられているような、そんな感じ」

「大丈夫なの？」

「うん、いやな気持ちじゃないよ」

「でも気持ちいいわけじゃないんだ？」

「いつものエッチの時の興奮状態とは全然違うよ。なんか、なんで勃ってるんだろう。不思議だよ」

自然と海綿体に血が集まるようにできているからこその現象らしいのだけど、それでも私は嬉《うれ》しかった。由紀哉は私を愛しているわけじゃないけど、とにかく今、立派に勃起している。もう、それで、今は充分だった。胸の中に不思議な悦《よろこ》びが満ちてきている。

「舐《な》めてあげる」

根っこを、優しく舌で舐めてやる。ついでに、皺《しわ》袋もゆっくりと揉《も》んだ。やわらかくてふわふわしているボールと、ガチガチに固いバットを交互にさすりながら、私は由紀哉のモノを、しつこくしつこく、しゃぶり続けた。とても美味《おい》しかった。ピンと張っている肉棒が口の中で小気味よくこすれ、気持ち良くて、何度も喘《あえ》いだ。

「だいぶ……なんか、効いてきた感じが、する」

由紀哉が呻《うめ》いた。

「いつもより、張りとか硬さが、全然、違うよ、自分でもわかる」

「……うん」

舐めている私にもよく違いがわかった。由紀哉のモノじゃないみたいに、ペニスは、はちきれんばかりに膨らんでいた。

嬉しくて嬉しくて、私のアソコから、どろん、と熱いお汁が零《こぼ》れてしまった。早く、一刻も早く、彼が欲しかった。そう、萎《しぼ》んでしまう前に。

「……入れてくれる？」

「うん」

由紀哉は身を起こすと、代わりに私をベッドに寝かし、正常位で結合してきた。

その時、今までの記憶が蘇《よみがえ》ってきた。

いつも、ここまでは、スムースに行くのだ。私達が超えられなかったのは、そこから先だった。

ぐぐぐ、と、熱い塊が入ってきても、私はまだ、安心が出来なかった。

「なんだか、チ〇ポが熱いよ。自分のじゃ、ないみたいだ」

由紀哉が照れ臭そうな声でそう語りかけてくる。

「うん……」

少しだけ、私も分かっていた。由紀哉のモノが、血を集めて、熱を放出しているということが。さきほど舐めた時にも、なんか温かいなと感じていたし。

ごりり、と膣壁《ちつかべ》をペニスがめくってきた。

「ねえ、固いよ、すっごく」

嬉しかった。これがクスリのせいであって、彼が別に私のことを好きだとか欲情しているとかいうわけじゃないとしても、それでも、嬉しかった。

由紀哉が、勃起《ぼっき》させたものを、私の中に沈めてくれている……。それが、こんなにも、嬉しいことだったなんて。

「ああ、ねえ、欲しかったよ、欲しかった……」

私はうれしくなって、彼の背中に両手を回して、抱きついた。

「すごい、入ってる。ねえ入ってる」

「うん……」

由紀哉も、複雑そうな顔をしてはいたけれど、悪い気はしていないようだった。

ゆっくりと、彼が腰を動かし始めた。

「ああ」

鼻にかかった喘ぎ声を、出してしまった。こんなにはっきりと、ごりごり、彼が亀《き》頭《とう》をなすりつけてくるのは、初めてだった。いつも、すぐに萎んでしまっていたのだもの。

「はぁあ、気持ちいい、気持ちいい」

私は何度も繰り返した。そう。何度も繰り返すことができるほどに、彼は、私の中で、長時間、保ってくれている。

「すごい。すごい幸せだよ、すごい」

ここがラブホテルで良かった、と思った。漏れる声が、次第に大きくなっていく。お願い、しぼまないで。祈るような気持ちで、私も一緒になって、腰をゆすりあげた。

「あぁ、はあぁ、由紀哉……ッ」

こんなに立派なモノを、この人は、持っていたんだ。ぐり、ぐり、と押しつけられている大きな男塊に、早くも頭の中が真っ白になりかけている。

「由紀哉……っ、欲しかった。ずっと、ずっと欲しかったよぉ」

七歳の年の差も、彼がウリセンボーイで、私はお金を払ってこの夜を買っていることも、もう、何もかも、どうでもよかった。由紀哉は、気持ちよかった。

「ずっと、欲しかったの」

だんだん私は涙声になってしまっていた。絶頂が、近づいていた。

由紀哉も私も、汗ばんでいた。私は二度も三度もイかされた。

「もう、もう、ダメ……」

そう言いながらも、腹這《はらば》いにさせられたら、お尻《しり》を自分から突き出してしまう。

私は、ずっと待っていたのだ。彼とこんな風に、体と体を打ち合わせて、お互いの存在を確認し合うことを。

「したかったの。ほんとに、ずっと、したかった」

後ろからずりゅ、ずりゅ、と突いてくる彼を振り向きながら、私は唇をせがんだ。

「うん……うん」

彼は相槌《あいづち》を打ちながら、唇を合わせてきた。二人の距離が縮まり、彼のペニスが一層奥まで入ってきた。

「いっぱいだよ。私のなか、由紀哉で、いっぱい」

ずっと待ってた、ずっと耐えてた、そんな由紀哉のペニスだから、体全体で、感じている。

「あああ」

私はヒップをぶるる、と震わせた。また、大きな波が来ていた。

「由紀哉、いっぱいイく、いっぱいイッちゃう……」

彼に舌を絡《から》ませた。

「一緒に……一緒に……」

きゅうう、と彼のペニスを締めた。ちゅうぅ、と彼の舌を吸った。

「ン……ッ」

ぴく、と由紀哉のペニスが痙攣《けいれん》した気がした。

そろそろ、熱く、どろりとした精が、コンドーム越しに、流れてきても、いいはずなのに。

彼は一向に発射の気配を見せなかった。

「ああ……由紀哉、私、私、またイく」

突き上がってくる昇天感に、私の意識はまた、宙に浮いた。最初のうちは、ふわふわしてうっとりしていたのに。だんだんと、

〝たったひとり、私だけが感じている〟

という状態が、淋《さび》しくなってきていた。

いったい何分、何十分、繋《つな》がっていたのだろう。ものすごく長かった気もするし、ものすごく短かった気もする。

「すごいねバイアグラ。俺、びっくりしちゃった」

由紀哉は息を弾ませて、話しかけてくる。

「一番芯《しん》の部分を固定されたような、そんな感じだったよ。だから、チ○ポ全体がしっかりしてるよ」

彼は興奮気味に喋《しゃべ》ってくれる。私をペニスでイかせることができて、ひとつ役目を

果たせたような思いなのだろう。

「やっと、ひとつになれた気がするね」

「うん……でも」

私は、また彼を振り向いた。

「由紀哉にも、イッてほしい……」

「……」

由紀哉は少し、顔を歪《ゆが》めた。

「ごめん俺、いつもなかなかイかないんだ。女の子が疲れちゃうくらいになってやっと射精したりする」

咲希ちゃんのせいじゃないよ、俺、勃《た》ちにくいしイきにくいやつなんだ、と由紀哉は微笑《ほほえ》みを作った。何かをあきらめているかのような笑いだった。

「私のアソコがすり切れてもいいから、思いきり突いちゃって、いいから」

だから射精して。私はそう訴えた。ここまできたら、彼の精液を見ないと気が済まなかったから。

けれど、由紀哉は首を横に振った。

「この状態じゃ、ムリだよ。俺、ゴムつけてイッたことないもん」

思わず、言葉に詰まった。

そういえば、そうだった。由紀哉はナマでないと射精できない男だったのだ。だから、ウリセンしながら並行して彼女がいた時は、オヤジにしゃぶられたペニスを、彼女の中に平気で突っ込んだりもしていたのだ。

「咲希ちゃんは、ナマ、怖いよね。別に、ムリしなくていいし。俺、イかなくても平気だし」

「……」

イヤに決まってるわよ。そう叫びたかったのに。散々突かれて、びっくびっく言っているヴァギナが、私の建前とは全然違うことを口走った。

「いいよ。ナマでしても……」

自分でもなんで、こんな危険なセリフを言っているのか、理解できなかった。

だけど……。

由紀哉と繋がりたかった。たった一度でいいから、彼と本当に、セックスをやり遂げたかった。由紀哉を射精させたかった。だから……。

「いいの？」

由紀哉は嬉《うれ》しそうに、ゴムを外して私の上に、覆《おお》い被《かぶ》さってきた。もう、後戻りはできなかった。彼は正常位で、繋がってこようとしている。

黙って、受け容《い》れた。

ナマの由紀哉だった。初めて彼の素顔を見たかのような、そんな、不思議な親近感がそこにあった。

直に触れた彼のペニスは、びくびく脈打っていて、ひどく憤《いきどお》っていた。温かかった。愛《いと》おしかった。

ラブホテルのベッドが、私達の揺れに合わせて、きぃきぃ、と鈍い音を立てた。白いシーツも、ブラックライトのせいで、青っぽく全体的にぼうっ、と光っていた。私達はその光に包まれ、何度も強く抱き合って、腰を打ち合わせた。

私達を遮るものなど、そこには何もなかった。ただ、私達の皮膚が、ひたすら密着していった。

幸せだった。

この一瞬のためだけに、生きてきたかのような気持ちにすらなっていて、私はまた、何度も彼の腕の中で、頭を真っ白にさせていった。

喘ぎながら、ハジメのことを一瞬思い出した。

ハジメはクスリに依存していて、私は由紀哉に依存しているのかもしれなかった。

私は由紀哉のナマの肉を、ひたすら受け止めた。

「うれしい、うれしい」

由紀哉に抱きつき、何度も腰をすりつけた。

「そんな風に言ってもらえて、俺も、うれしい」

由紀哉の口振りには、いつものような距離感がなかった。その代わりに、

「そんなに俺に惚《ほ》れてるのかよ」

とでも言いたげな、

「どうしようもないな、お前」

という、女を支配した男の目つきになっていた。

私達の腰と腰が、また、ずちゅん、と深く深く、重なった。

「ああ、また、すぐイッちゃう、きっと」

もう、一生、このまま、由紀哉と一緒にいたかった。離れるのは淋しかった。

由紀哉、いつまでも挿《い》れていて。いつまでも、繋ぎ止めていて。そう、叫びたかった。

私とあなたを結んでいるものが、体ではなくて、実はお金で、あなたがお金欲しさのためだけに、私とセックスしているんだとしても、もう、それはそれでいいから

……。

私の中に、あなたそのものを、いっぱい、詰め込んでいって。ずっとずっと、私を空っぽにさせないでいて。

私はうんと、腰を突き出した。由紀哉がずぅん、と子宮底を突き上げてきた。

「ああ、由紀哉。イく……ッ！」

目の前がかすみ、何も、見えなくなった。

私のアソコの中に、熱い精が流し込まれていくのがわかった。中に出しちゃったんだ、とビックリしたけれど、でも、もう、それすらもどうでもよく思えた。

私と由紀哉はひとつだった。由紀哉は私の中に発射したまま、しばらく、放心したかのように、動かなかった。

遠く、救急車のサイレンの音が、聞こえてきた。

由紀哉が子どもの頃、ずっと待っていた、ガマンしていた、母の温《ぬく》もり。それを今、私のアソコが与えられているんじゃないかな、と思った。

そんなの、思い上がり、かもしれない。だけど、温かな私のアソコの中に、思いきり精子をぶちまけることができた由紀哉は、ほっとしたような、安らいだ可愛《かわい》い顔をしていた。

由紀哉は、この安心感が欲しいのになかなか得られなくて、ずっとずっと身体《からだ》を売りながら彷徨《さまよ》っていたんじゃないのかなあ。そんな気がして、ならなかった。

長かった情交を終え、抱き合ってとろとろとした眠りにつこうとした時は、もう朝の五時だった。

朝のニュースでキャスターが、深夜に見つかった若い女性のバラバラ死体のことを、報じていた。

「あ、そうだ。寝る前に」

由紀哉が手を差し出してくる。

「あと千円、ちょうだい」

そうだった、と私は苦笑した。ドンキホーテ前まで来てもらったので、出張扱いになり、交通費として千円、追加で渡さなくてはならなかったのだ。

そして私は、また、同じ苦しみに巡り会っていることに気づいた。

彼の彼女になりたい。彼とタダで会いたい。彼の部屋に行きたい。彼の友達に紹介されたい……。

〝お客さん〟である以上、決して叶《かな》えられない夢だった。

結局セックスをしても、しなくても、同じところで、私は割り切れない思いを抱えなくてはならなかった。そして、身体が繋がってしまった分、一層、苦しみも深まった気がする。目の前の由紀哉は、また会ってくれるよね、と笑いかけている。セックスができるようになったので、自信ありげだった。彼はゆうべ、私がひどくヨガったことを、知っているのだから。

当分、由紀哉からは、離れられないのかもしれなかった。

私はまた、お金の工面を必死でしながら、この、売春少年の借金ライフを、いろんなオジサンに触られまくりながら、支えていくのだろうか。

テレビでは、青いシートで覆われた事件現場から中継が行われていた。

私は、彼の手のひらの上に、四つに折り畳んだ千円札を、のせた。

タバコの火を押しつけるかのように、ぎりッ、と、強く、力を込めた。

もう彼との関係をやめたいのに踏ん切りがつかない。

二度と彼に会いたくなくなるような、そんなイヤな思いをしない限り、私は永遠に彼にバイアグラを飲ませ、そしてセックスを強要してしまいそうで、それが恐ろしかった。

エピローグ

待ち合わせ時間よりも少し早めに、私は席についた。

ギャルソンは紳士的な笑みを浮かべて、私を席まで案内してくれた。

窓側の席だった。夕暮れ時だったので、東京湾がオレンジ色に染まっていくのが見えた。それをぼんやりと眺めた。どうしてこんな遠くまで来てしまったのだろう。

足もとが揺らぐのは、ここ最近精神的に不安定かつ、睡眠不足でフラフラしているせいだろうか。それとも、ここが水面に浮いた大型豪華船、だからだろうか。

日の出桟橋から出る、シンフォニー号の、ディナークルーズ。一食二万円もするような煌《きら》びやかな、シャンデリアが下がるこの場所で、私はウリセンボーイを待っていた。

こんな豪華な食事、クリスマスでもしたことがない。確か、クリスマスに由起哉と食べたのは、デックス東京ビーチで二人で一万円のカップルディナーセットだった。ギャルソンがペリエを運んで来てくれた。ちびちびとそれを口に入れる。微炭酸がぷちぷちと舌の上で弾けた。

まるで、私と売春少年達とのはかない関係のようだった。口に入れた瞬間は刺激的なのに、すぐに消えてしまう。そして私は、その触感を追い求め、何度もなんども喉《のど》を鳴らす。

そろそろ出航の午後七時が近づいてきていた。夫婦連れ、接待なのか背広姿の男性達、それからカップルなど、さまざまな人が乗り込んできて、船内は随分と賑《にぎ》やかになっていく。

由紀哉の姿を見つけた。彼はいつもと全然違う、いきいきとした表情で、楽しそうに船内に入ってきた。隣に女の子を伴っていた。そして女の子の手は、彼の腕に絡《から》められていた。

私の前に現れる彼は、どこかだるそうで、動作も鈍かった。でも今日はお姫様をエスコートするナイトのつもりなのだろうか、きりっとして、機敏なように見えた。

彼は得意げに、豪華船のギャルソンに名前を告げている。そして何事かを囁《ささや》かれ、首を傾《かし》げている。

私のテーブルへと、由紀哉が案内されてくる。訝《いぶか》しげな顔でギャルソンについてきていた彼は、私の顔を見て、明らかにぎょッ、とした。

私は落ち着きはらって、

「こんばんわ、由紀哉クン」

と、由紀哉に手を振った。

そして後ろの女の子にも、

「はじめまして」と微笑《ほほえ》みかけた。由紀哉の彼女の顔を、初めて見た。ショートカットで、顔が小さくて、瞳《ひとみ》が大きくて、まるでアイドルみたいに可愛い女の子だった。そして由紀哉とお揃《そろ》いのエルメスのフールトゥの黒を持っていた。今日のためにドレスアップしてきたのだろう。裾《すそ》にフリルのついた可愛らしい黒のミニワンピースを着ていた。女子大生なのだろうか、二十歳そこそこに見える。

由紀哉はこの場をごまかそうと、必死に考えているのだろう、席にもつかず、黙ったまま立ち尽くしている。

人違いだと片づけるわけにはいかないのだ。私が「由紀哉クン」と呼びかけてしまったのだし。それにヘタな扱いをしたら私の口から〝真実〟が明かされてしまうかもしれない。それも怖かったのだろう。

どうして私がこの場所にいるのか、由紀哉は意味がわからないようだった。

私は、見てしまったのだ。先週、由紀哉と抱き合って寝た晩に。夜中、ひとりで目を覚ましてしまったから、彼の携帯電話を覗《のぞ》いてしまったのだ。

勃起《ぼっき》して交わってもなお埋めることができない二人の心の溝を感じていた。やっぱり女がいるに違いない。いたら諦《あきら》めようと思って罪深いとは思いつつ彼宛《あて》に来たメール、それから彼が出したメールの記録を見た。そこには『美春』という女の子と頻繁に交わしている様子があった。読むと明らかに彼女で『今日もバイト？　お疲れさま』『次のデートが楽しみだな☆』などとあった。そして由紀哉も『美春と一緒にいる時が一番楽しいよ』などと書いて送っている。その中の一通に、今日の日付と待ち合わせ時間があった。美春の誕生日らしく『プレゼントは期待していて』などと強がったコメントを由紀哉はしていた。そして……こう書いてあったのだ。

『その日は美春を寝かさない。一晩中、ヤりまくりたいよ。もう一ヶ月くらいエッチしてないじゃん？』

そのメールを読んだ時、私は携帯電話を床に投げつけて壊してしまいそうになった。

（彼女とは、エッチできてる！）

由紀哉のメールは勃起しないのではなどという弱気なところは微塵《みじん》もなかった。愛する彼女を悦《よろこ》ばせ、自分も気持ちよくなりたい、という若い男らしい性欲に燃えていた。

私に勃起しなかっただけなのだ。

その事実を受け容《い》れるまでに、多分、何分もかかった。

みじめを通り越して、孤独だった。そして、由紀哉が許せなかった。

だから私は今日、ここに来ている。事前に電話を入れ、財布の中にあった免許証にプリントされていた由紀哉の本名である『木下』という名字を告げ、予約を二名から三名に変更することは、あっけないほど簡単にできた。もう由紀哉と恋愛したいわけではなかった。私はただ、〝真実〟を二人に伝えるために、ここに来ていた。

汽笛が聞こえた。船が少し揺らいだ。出航したのだ。

アナウンスが流れた。女性の滑らかな声だった。

『本日はご乗船ありがとうございます、ただいま東京湾を予定時刻通りに出航いたしました。これから二時間のクルーズをどうぞお楽しみください……』

もう降りることはできない。もう、私を無視することなどできないのだ。

「ねえ、座ったら」

私はにこやかに二人に声をかけた。

「この人、誰？」

美春が、由紀哉の袖口《そでぐち》を摘みながら、尋ねた。戸惑った顔をしている。それはそうだろう、恋人と二人きりでディナークルーズを楽しみながら誕生日を祝ってもらうつもりだったのだから。そして今夜はお台場のシティホテルで彼に抱かれる予定であることも、私は知っている。全部メールに記されていたからだ。

私は携帯電話を開き、用意しておいたメールを送信した。由紀哉の携帯から美春のメールアドレスをメモしておいたのだ。

彼女が持っているフールトゥから着信メロディーが流れてきた。彼女の元に私からのメールが届いたということだろう。

由紀哉が昔私に寄越したメールを、転送してあげただけだ。

『昨日は会えて嬉《うれ》しかったよ☆　だけど疲れててチ○チ○元気なくって、ほんっとごめんね。次はがんばるからさッ、期待しててよ』

最初に買ってあげてた頃の、一番愛情深い文面を選んだつもりだった。この時は、勃起しないのを体調のせいにしていたのだった。それが今ではひたすらに、恨めしい。

ついでに先週撮っておいた画像も送信してあげた。

携帯を覗き込んだ彼女の顔色がみるみる変わる。由紀哉が慌《あわ》ててそれを取り上げて、そして、絶句している。

バスローブの前をはだけて寝入っている由紀哉の姿がそこにあった。安っぽい内装で、明らかにラブホテルだとわかる。この画像を私が持っているということは、私が彼とラブホテルに泊まったということを意味しているのだ。そのくらいは彼女にも察しがつくのだろう。泣きそうな顔で、由紀哉を見つめている。

「今夜の豪華ディナーは私のおごりってことね。私の貢《みつ》いだお金だもんね」

私はなぜここに来てしまったのだろう。多分、幸せなカップルというものに、現実を見せつけたかっただけなのだと思う。自分ひとりだけが屈辱を噛《か》みしめていることに、耐えられなかったのだ。

「私が誰か、ですって？」

私はじっと、そんな二人を見据えながら言った。

「私は、お客さんよ。単なる、お客さん。お金を払って彼に慰めてもらってるのよ」

二時間一万七〇〇〇円

1

生まれて初めて男を買ってしまった。二時間で一万七〇〇〇円だった。

別にいやらしいことをしたわけではない。ただ一緒にカラオケをしただけだ。

私にこんないけない遊びを教えてくれたのは、大学のゼミ仲間のタケルだった。

何年かぶりに開かれた同窓会の三次会帰り、新宿三丁目の駅に彼と二人で駆け込み、だけど、ぎりぎりで終電にアウトだったのが始まりだった。どうしよう、ネットカフェでも行く？　と声をかけた私に、

「それより俺が昔バイトしてた店、行く？」

そう彼が誘ってきたのだ。

「何屋さん？」

タケルは普通の顔で、答えた。

「ウリセンバー」

「なに、それ？」

どこかで名前は聞いたことがあるけれど、それがどういう店なのか、私は知らなかった。タケルはじっと私を見つめながら、

「俺、身体《からだ》を売ってたんだ、大学の時。ウリセンバーは、男が男を買う店。客は気に入った男をホテルに連れ込んだりする」

と言った。

「えッ……」

いつもなら、二の句が継げないところだけれど、酔っていたこともあって、私は笑い出した。

「やだ面白い。どんな人に買われてたの？」

タケルはほっ、と息を漏らして笑った。

「お前ならそう言ってくれると思った。俺んち貧乏でさ、学費出してもらうのにやっとだったんで、生活費を稼ぐために身体売ってたんだよね」

でも大学時代は恥ずかしくて、誰にも言えなかったという。私も彼がそんなことをしていただなんて全然知らなかった。

タケルが働いていたのは、新宿二丁目、世界有数のゲイタウンだった。歩いて十分もかからない距離なので、私は彼についていて、その店を訪れてみることにした。

「女も店に入っていいんだよ。一日一人くらいは女の客も来ていたし」

と彼も言ってくれたからだ。

二丁目の仲通りでは手をつないだ男同士のカップルが何組もそぞろ歩いていた。通り沿いにあるコンクリ打ちっ放しのビルの四階にその店はあった。『ホストパブ・アクセス』とショッキングピンクの文字で、エレベーター脇《わき》に、看板が出ていた。

店のドアを開けると、中からプロレスラーみたいな大きな身体のスキンヘッド中年男が出てきた。女の私に一瞬怪訝《けげん》そうな顔をしたが、後ろに立っているタケルに気づくなり、顔を崩した。

「やっだぁ、タケル、タケルじゃないのぉ」

オネエ言葉でタケルと抱き合っている。

呆気《あっけ》にとられ、立ちすくんでいる私の目に、ドアの向こうの光景が入ってきた。

ごく普通のスナックの内装だった。

長めのカウンターに、テーブルセットが数個。二十人も入れば満員といったところだろうか。

でも普通と違うところは、男だらけだということだった。奥の椅子《いす》に座っているスーツ姿のサラリーマン風の男は、おそらく客なのだろう。そしてスナックだったらつきもののママやホステスの姿は、そこにはなかった。代わりに客の隣に、金髪をふんわり逆立てたおとなしそうな男の子が座り、ビールを注いでいた。

この子はこれから、このサラリーマンと〝する〟の……？　ドキドキしながら今にも手が触れ合いそうなほどに接近している二人を見た。視線を感じた少年がこちらを見た。大きな瞳《ひとみ》に肉厚の唇。街を歩けば女の子がハッとしそうな綺麗《きれい》な顔立ちで、だけどその瞳は恐しいほど乾き、無感情だった。

そして、カウンターの前には、ずらりと男の子が並んでいた。十人……はいると思う。両手を後ろに回し、胸をぴんと張り、でも、目は宙を向いているような、どこか虚《うつ》ろな表情の彼ら。

どの子も、Tシャツにジーンズというラフな格好だ。二十歳そこそこのようである。おそらく彼らが、身体を売っている張本人達なのだ。誰かに買ってもらうのを、ああして待っているのだ。

日本に、本当に、こんな少年市場のような場所があっただなんて。

声を失いながらも目を逸《そ》らすことができなかった私に、鋭い視線が投げられていた。

先程のスキンヘッドの中年男が、タケルの二十七歳にしては頼りなげな細い肩をさすりながら、私を観察していた。この女は金になるのかと、じっと、そう値踏みしている目だった。

その晩、私は男を買った。

たった二時間だったけれど、自分の中の道徳観や社会常識や、そういったものにヒビが入った気がした、衝撃的な体験だった。

2

私に選ばれた時、カイトはほんのすこしだけ、嬉《うれ》しそうだった。

普段だったら一介のＯＬである私が、こんな派手な遊びなど、できるわけがない。飲みに行って、五千円かかると、ああ高くついたなと思うくらいなのだ。二時間一万七〇〇〇円だなんてそんなとんでもない料金を払えるわけがない。

でも、同窓会までの待ち時間の間に偶然、宝くじで五万円当たってしまっていた。スクラッチくじだったので、その場で現金がもらえた。タケルもそれを知っていたから、ここに連れてきたのだろう。スキンヘッドのマスターにもからかわれた。

「五万円もあんの。それだけの軍資金があれば、ホテル代払ってもお釣りが来るわよ」

「ホ、ホテルだなんて」

顔がかあっと熱くなった。慌《あわ》てて作り笑いをしながら辺りを見回した。頭の中が、しだが並んでいる男の子達は、誰ひとりとして笑ってはくれなかった。

ん、と冷えた。彼らは、この店に来るたびに、誰かとホテルに入っているのだ。

タケルは酔いも手伝って、すっかり気が大きくなってしまっているようだった。久しぶりに顔を出した卒業生としてボーイを買い、檄《げき》を飛ばすつもりらしい。

「よぉし！　カラオケにでも、行くか！」

すぐ近くにいた、つぶらな瞳の男の子の腕を取り、タケルが吠《ほ》える。マスターが、私の肩を叩《たた》く。

「さ、姫も好きなコひとり、持ってって！」

商品のように……実際商品なのだろうが、彼らを陳列しているカウンターの前を指す。

「ほんとに……選ばなくちゃダメ？」

うろうろと私は目線を泳がせた。

十人以上いるボーイ達が、一斉にこちらを見つめている。タケルが目線で、早く、と私を促《うなが》してくる。

「カラオケなら、この子がいいわよ」

マスターが助け舟を出してくれた。

「先月入ったばかりなんだけど、すごく歌がうまいの。歌手、目指してたんですって」

背中を押され、よろよろと私の前に歩み出てきたのは、先ほどサラリーマンにビールを注いでいた金髪の男の子だった。私の顔が熱くなった。可愛いなと思っていても、こういう場所でなかなか女の方から指名などできる勇気はなかっただけに、ひそかにラッキーだな、と思った。彼の源氏名はカイトと言って、二十歳だということだった。彼は、助けて、と目で訴えてきた。本当に彼がそう思っていたかどうかはわからない。でも、ここから連れて逃げて、とすがっている瞳だった。

「じゃあ……彼にします」

私も頷《うなず》いた。保健所で処理されかけている野良猫を、すんでの所で拾い上げたような気分だった。だって私がここで買わなければ、彼はどこかのオジサンに身を売り、弄《もてあそ》ばれていたかもしれないのだから。

私達はここの飲み代と、男の子お持ち帰り代、合わせて四万円近くを店に支払った。タクシーで歌舞伎町《かぶきちょう》まで行き、小ぎれいなカラオケボックスに入る。カイトは私の隣で黙って、車のドアに貼《は》りつくようにして座っていた。赤信号で止まったら、ドアを開けて逃げ出しちゃうのではないかというくらいに、私から離れ気味だった。もう一人のノボルという短髪爽《さわ》やか系ボーイは妙にはしゃいでいて、「ホテル行かないでいい仕事なんて初めて〜」と喜んでいる。ほとんどの客がすぐに近くのゲイ専用ラブホテルに彼を連れ込むのだという。

「たま〜に、一緒に飲むだけとか、ショッピングに付き合ってとかそういう客が来ることもあるらしいけど、当たったことなかった。今日は、ラッキーだな」

ノボルは競馬にのめりこみすぎて、借金まみれになってここに来たのだという。

「長いの？」

「四ヶ月目です」

「じゃ、結構長いね。売れっ子なんだ」

タケルとの会話を聞いて驚いた。ウリセンボーイの寿命というのは、半年以内なのだそうだ。客は、より素人《しろうと》臭いボーイを選んでいくのだという。

「一度も指名してもらえないまま、居づらくなって消えていったヤツも、いっぱいいる。ブッサイクな奴《やつ》は稼げない」

客は大抵ルックス重視でボーイを選ぶ。見かけのいい子は早く売れ、見てくれが悪ければ明け方近くになっても売れ残る。惨《みじ》めな気持ちで一円も稼げないまま店を後にする男の子は大勢いるのだ。そして確実に稼げる子だけが、店に顔を出し続ける。人気ある者だけが残る世界なのである。

タケルは売れっ子だったのだと聞いて、正直、私は意外だった。大学では彼は、大してモテなかった。顔立ちはニキビがまだ残っているくらいに幼く、話し方も舌足らずで甘え口調で、なんだか子どもに見えて恋愛の対象にはなり得なかった。でも、新宿二丁目では彼のその童顔と人なつこい性格が、可愛《かわい》い、と人気だったのだという。

カラオケボックスでは、タケルの隣に寄り添うようにノボルが座り、私の隣にはカイトが腰を下ろした。カイトは、また、ソファの隅っこに半分だけお尻《しり》を乗せて、膝《ひざ》をドアの方に貼り付けるようにして、逃げ腰でいる。

「カイト、もっとくっついて」

ノボルが先輩らしく指示を投げる。グラスにビールを注ぎ、彼らはキャバクラ嬢のように、かいがいしく客の接待を始めた。注ぐのが下手で、泡だらけのビールが目の前に差し出される。

「どうしてそんなに離れてるの」

グラスを受け取りながら、私も尋ねた。

「ひょっとして女は嫌い？」

「いや……緊張しちゃってるんです」

カイトはぎこちなく笑った。

「こいつ、シャイなんで。すいません」

ノボルが取りなすように言いながら、もっと寄れ、とカイトに手で合図を送る。はにかみながらも彼は腰を浮かし、私の方に数十センチ移動してきた。

カイトのももが、ぴとっ、と私のももに貼りついた。ぷにっと、柔らかな、筋肉がなさそうな脚が女の子みたいだった。男の人の太ももって、もっと固いのではないだろうか。優しい肉感が私の右脚に伝わり、全身がむずむずとしてくる。どうして恋人でもないこの子と、こんなに私はくっついているのだろう？　でも平静な顔をよそおって、歌本を捲《めく》る。

黙ったままのカイトを気づかって、

「何か歌う？」

と新曲リストを渡すと、

「そう……ですね」

上擦《うわず》った声で、冊子を受け取り、私を見た。本当に整った顔をしている、とその時初めて私も彼を正面から見た。丸い瞳、ゆるやかなパーマがかかった金髪、ぷくりとしている唇。どこかのアイドルにも似た、初々《ういうい》しさがある。

「あなた、売れっ子なんじゃないの？」

ちょっと小柄だったが、そこが逆に母性本能を刺激される。今度は私の声が、上擦ってしまっていた。

「全然モテないですよ。人見知りするから」

あまりリピーターがいないのだと言う。

「こいつ、意気地なしなんですよ」

ノボルがバカにしたような目線を投げる。

「NG、ありすぎなんだから」

縛り、写真撮影、バイブ、浣腸《かんちょう》……。

いろいろな要望を客が伝えてくる。だがカイトは、ほとんどにできません、と答える。

「フェラくらいしかできないんだから、これじゃ売れるわけないよ」

客が求める肛門《こうもん》性交も、もちろん彼はできない。

「最初に指名された時試してみたんですけど、痛すぎて入らなかったんで……」

弱々しい声でそう答える。

ひどく自信なさげなその顔。でも今夜もこうして自分を売るしかない彼。

「あなた達って、バイセクシャルとかゲイなの？」

ビールが回ってきたので、気になっていた問いを投げると、三人は一斉に首を横に振った。

「店にいるのは、ほとんどノンケばかりだよ。ゲイだと相手を選ぶからウリセンでは働けないんだって」

「へえ……？」

わかるようなわからないような理屈に何度も瞬《まばた》きをした。

「やっぱりこのお仕事ってつらい？」

三人はまた同時に頷いた。

「男に抱かれるのって、結構、ヘビーだよ」

「そうそう、勃《た》たなくて困る」

「2CHと5CH、見てる？」

「見てる見てる！」

タケルとノボルは弾かれたように笑った。

ラブホテルにはつきもののアダルトチャンネルは大抵2CHと5CHで、ベッドの上でそれをひたすら見つめているのだという。

「女とヤッてんだ、女とヤッてんだってひたすら想像して」

「絶対客の顔とか見ない」

「早く終われ〜ッて思ってる」

男からの責めは、もちろん射精するまでは終わらない。そして自分が出すだけではない、相手のペニスもスッキリさせるまでが仕事なのだ。

私の顔をちらちら見ながら、反応を楽しむかのように、二人はことさらに明るい顔で、裏話を明かしてくれた。

「俺なんて、店入ったばかりの時、いきなり極太バイブとラブローション差し出されて青ざめた。こんなの入らないって思ったら逆で、客に『入れて……』って尻出されて、それはそれで強烈な体験だった」

「俺は全然勃起《ぼっき》できなかった時があって、延々しゃぶられたまんま寝ちゃったの。で、その時って泊まりだったんだけど、朝起きたらまだその客、俺のをしゃぶってたんだよね。あれには驚いたね。ち○ぽ、ふやけてるかと思った。ふやけてなかったけど」

　私は隣のカイトを見た。いつの間にか話に加わっておらず、BGMで流れている流《は》行《や》り歌のリズムを、膝の上に指で刻んでいる。

「カイトくんは？　どんな体験してる？」

「いや……僕はそんなにまだ店に出てないですから」

「でも、ひとつくらいスゴイ体験あるだろ」

「そうですね……」

　言葉を選ぶように一旦《いったん》息を吸ってから、

「3Pは、さすがにきつかったですね」

　中年男に、ボーイ二人で奉仕したのだという。

「一本のペニスを二人一緒に舐《な》めたりとか。他のボーイさんがヤッてるところを見てなくちゃいけなかったりとか。あれは、ちょっと」

　普通に街を歩いていれば、何人もが振り返るであろうルックスの彼は、深夜のラブホテルできっと遠慮がちに、初対面の男の肉茎を舌で辿《たど》っているのだ。どうしてそこまでするの、とせつなくなった。

「一度だけおばさんに買われたことあったんですけどね。シティホテルに連れていかれたら、部屋に仲間のおばさんが三人待っていて」

「うわ」

タケルが顔を顰《しか》める。

「一晩中、おばさん達にまたがられたり、しゃぶられたりしてました……」

「すげ」

ノボルが身震いしている。

「僕、なんか複数プレイに縁があるらしいんです」

カイトが苦笑いしている。

二十歳ということだったが、人生を諦《あきら》めているかのような、淋《さび》しげな笑顔だった。

借金でもあるの？　と尋ねると、

「……家賃が、なくて」

と、ぼそっと答えた。

「来月、アパートが更新なんですよ。二ヶ月分、十二万円、稼がなくちゃ、追い出されちゃう」

歌手デビュー目指し、カラオケボックスでバイトをしながらオーディションを受け続けている彼。

「給料だけじゃ生活に精一杯だから」

家賃のためだけに、彼はそのつるんとした肌を男に差し出している。

「今、どれくらい貯《た》まったの？」

「実は、今日でちょうど、貯まるんです」

カイトはほっとしたような顔でそう答えた。

「だから……まだマスターには言ってないんだけど、今日で辞めようと思って」

自由出勤制だから、いつでも足抜けできるのだ。

「それでいいんじゃない」

「そうそう」

タケルもノボルもそして私も頷いた。

カイトは歌が決まったらしく、六桁《けた》の曲番号を押している。リモコンの操作も慣れたものだった。

彼がボタンを押すたびに、痩《や》せて血管が浮き出ている腕が痛々しく私の目の前でちらちらする。いかにも栄養を摂っていなさそうな、インスタント食品ばかりでしのいでいそうな、不健康な、身体《からだ》。顔色の悪さを日焼けで誤魔化しているような、身体。

その細い腕を見つめながら、私は想像していた。

（この子は、ヤッているんだ。男の人と）

カイトがオジサンのおち〇ち〇をしゃぶっている姿。痛々しげに上目づかいで相手の顔を見ながらくわえていたのではないだろうか？　一緒にオジサンとシャワーを浴びながら、ペニスを触り合っている姿。イかせる時はラブローションを使うという。ぐちゅぐちゅとねぶった音を立てながら、カイトが懸命に手首を上下に振っている様子……。

彼らの暴露話を聞いた直後のせいか、あまりにもリアルに想像できた。瘦せっぽちのカイトの、猫みたいにしなやかな身体を、オジサン達はぎゅっと抱きしめ、果てていったのだろうか。そんないやらしいことを。他に何も生きる道はなかったの？　病気は恐くなかったの？　私の胸の中に、怒りにも似た哀《かな》しみが浮かんでくる。

先程タケルが話していたが、トビをしていて足場から落ちて大けがをして現場に戻れなくなった男や、給料だけではカードローンが返しきれなくなった男が、続々ウリセンバーに飛び込んでくるのだという。身体を売るほどに追いつめられた人間が、この日本にも、確実に存在する。それは胸が痛くなるような現実だった。

「ウリ辞めたらさぁ、また歌手目指せば？」

ノボルがそう言ったが、

「僕は、人の前だと緊張しちゃう。やっぱ、向いてないんですよ」

そう首を横に振った。

流行り歌のメロディーが流れてくる。

「立たないと歌えないんです」

歌に対する礼を尽くすかのように、すっくと背を伸ばし、口を大きく開く。さきほどまでのか細くだらだらした声とは全然違う、夢がいっぱい詰まっているかのような、若々しく張りのある声が、狭い室内いっぱいに満ちていく。

胸に残る声だった。少し照れ臭そうにしながらも、上手だと誉められて、嬉《うれ》しいのだろう。すう、と息を吸いながら、少しだけ白い歯を見せた。

彼らを二時間で買ったので、店に帰るまでに二時間、が今回の契約なのだ、正味一時間半くらいだった。店を出てから店に帰るまでに二時間、が今回の契約なのだ、だから往復のタクシー時間も計算に入れなくてはいけない。

「最後にいい思い出ができました。ありがとうございました」

交通費に、と渡した千円札を受け取り、タクシーに乗り込むと、カイトは窓から手を出して、何度か振ってくれた。細い上腕部を覆《おお》っていた白いTシャツが少しほつれ、細い糸が腕にまとわりついていた。

彼とはもう二度と会わないのだろうな、あの時、そう思っていたのに……。

3

どういうわけか私は、カイトとまた、カラオケボックスにいる。一週間前に彼と過ごした時に聴いたのと同じ曲を彼が歌っている。

『今、店にいるんで、来てもらえませんか』というメールをもらったせいだ。メールアドレスくらいならいいかな、とあの晩、何気なく教えていた。

もうやめたはずの彼なのに、まだ〝営業〟していた。それがショックだった。

「いろいろ……お金が必要になっちゃって」

深夜一時に私が駆けつけると、彼はほっとしたような顔をして、歩み出てきた。

夜遅くに呼び出すから、終電で飛んで行くしかなかった。酔っぱらいが何人も乗っている車中は、心細かった。どうして私はこんなにまでして彼の元に向かってしまったのだろう?

私には「夜中に外に出ていくな」などと叱《しか》ってくれる恋人などいない。去年まで付き合っていた人は、私が年末に仕事で忙しくしているうちに、他の女性と親しくなって別れを切り出してきた。私には、何もない。だからこそ、カイトのことが気になる。誰にも気に掛けてもらっていない女が、売春少年の身を案じている。なんだか情けない現実だった。でも誰かと関わりたかった。

終電でほとんどの人が帰ったのだろう、閉店になった伊勢丹デパート前にも、人影はまばらだった。ネオンも少ない新宿通りを、小走りに私は進んだ。

カイトの呼び出しなど、放っておけばよかったのに。

私はいたたまれなかったのだ。

私が彼を買わなければ、おそらく誰かが彼を買ってしまう。ついた客に彼が何をするのか考えるとじっとしてなんて、いられなかった。

一度、彼に、カラオケとはいえ二時間一万七〇〇〇円を支払ってしまったからなのか本能的に〝そんなのダメッ!〟という独占欲が芽生えてしまっていた。

カラオケボックスで、歌い終わった彼が席に戻り、私の隣にぴっとりとももをつけてきたこと。あの感触とときめきを思い出していた。温かな、血の通った、若々しい肌が、デニム地の向こうにあった。柔らかな彼の脚は、多分、全然運動と名のつくものなどしていないのだろう。筋肉質ではなかった。

何より、彼がどうしてこの仕事を続けているのかが知りたかった。夜中にゲイタウンに行って、男の子を買うだなんて、若い女のすることではない。なのに、カイトのことが、気になってしかたがない。恋とは違う。一種の世話焼きママのような感情なのかもしれない。

マスターは、たった一人で現れた私を、

「あぁら、いらっしゃい！」

とさっぱりした笑顔で、迎えてくれた。きっと色々な客がいろいろな欲望を抱いて、この店の薄いドアを開けるのだろう。そしてそのたび、マスターはこうした笑顔で包んでいるのだろう。

カイトは、男の子達の列には、いなかった。ドアのすぐ側《そば》の床にうずくまり、膝《ひざ》を抱えて私を待っていた。まるで、保育園児がお迎えの遅い母親を待っているかのように。

私はお金を払った。

マスターに言われるがままに、オールと呼ばれる代金を。二時間買えば一万七〇〇〇円なのだが、それはショートと呼ばれている。そして午後十時を回ると、オールと呼ばれる泊まり料金が発生する。朝まで買って、三万円なのだ。

「もう午前一時でしょ？　できればオールで買ってあげて。三時に帰ってきても、この子電車もないし」

そう言われると、逆らうこともできず、一万円札を三枚、財布から引き出す。本当は宝くじに当たったお金で、ヴィトンのポシェットを買うつもりだった。それなのにどうして、私のお金は、一度会ったきりの、売春少年に注がれていくのだろう。

もちろん、私は彼を買ったところでエッチなことを、するつもりなどなかった。ただ〝買われて〟いく彼を止めたかっただけで、その先のことなど、考えてはいなかった。

店を出ると、生温かい風がふぅっと私達の身体を撫《な》で上げてきた。蒸している仲通りを、並んで歩き出した。若くて可愛《かわい》くてはかない美少年と二人きりだなんて、落ち着かない。先に立って、私は進む。

「また、この間のカラオケ屋でいいよね？」

振り返ると、えッ、と、彼が唸《うな》った。

「……ホテル、行かないの？」

「えッ……」

今度は私が唸った。

「歌を、聞かせてくれるだけでいいのよ」

彼は、確かに魅力的だったけれど、セックスをするような相手とは違う、と思った。第一、私より七歳も下なのだ。

「しないの?」

私に彼はもう一度尋ねたが、しない、と答えると、わかった、と強めに頷《うなず》いた。と、長い前髪が額にかかる。

彼は〝する〟つもりだったのだろうか、と身体が熱くなった。

カラオケボックスでは、前とは違う、一番端の薄オレンジの壁紙の部屋に案内された。今日は二人だからなのだろう。横長のソファがひとつ置いてあるだけの、狭い三畳ほどの部屋だった。インターフォンで、私はビールを頼んだ。カイトはグレープフルーツジュース、と言った。

「あれ、飲めないの?」

そういえば、この間会った時も、ジュースを飲んでいた気がした。あまり深くは気にとめなかったのだが。

「飲めるけど、ノドにはあまり良くないから」

そう答えた後で、はにかんだように俯《うつむ》いた。向いてない向いてないと自分で言いながらも、夢をまだ彼は捨てていないのだ。

向かいのスツールに腰掛けた彼は、

「正直言って、来るなんて思わなかった」

と打ち明けてきた。

「あんなメールもらったら気になるもの」

私はそう答えた後で、やめると言ってたくせにあなたこそ何やってるの、と突っ込んだ。

「お金……ないの？」

彼の手取りは、ショートで一万、オールで二万だ。今夜は私がオールで買ったから、二万が手に入る。

「これ、買っちゃったから」

胸ポケットから銀色に輝く携帯電話を取り出した。動画も送信できる最新型で、数万円もするものだ。

「なんでそんなの買ったの」

思わず咎《とが》めるような声が出る。私だって、東京でひとり暮らしをしている。家賃や光熱費など、必要なお金を払ったら、手元に残る自由になるお金など、いくらもない。そのなかで必死にやりくりして食費や飲み代を捻出《ねんしゅつ》しているのだ。そんな私に、彼が

ねだってくること自体、おかしい。腹だたしい。けれども、カイトは悪びれた顔もせずに、

「前の携帯、調子悪かったから」

とだけ言った。なんでそんな怒ってるの、とでも問いたげだった。

彼は、私に甘えればお金を出してくれそうだとでも思ったのだろうか。携帯のアドレスを教えたことを、私は後悔した。男の子を養えるような余裕など、どこにもないくせに、そんなもの、教えてはいけなかったのだ。

「私、お金なんて全然持ってないのよ。今夜は来たけど、次からは、もうあなたを買えないと思う」

「いいよ。それでも」

カイトは首を竦《すく》めた。

「僕も携帯代が稼げたら、当分はウリ、しないと思うし」

「当分ってことは……、またお金に困ったらするってこと？」

「まぁね」

悪びれずにそう答えてくる。

「ウリなんて、今しかできないんだし。だったら売れるうちに売っておきたいし」

私はなんだか、泣きたくなった。

これでは、巷《ちまた》の援助交際の女子校生と、何も違わない。女の子ばかりが華々しく売春しているのを横目で見て、カイトは自分だって、とこの仕事を始めたのかもしれない。そしてそういう男の子達が世の中にはひょっとしたら何百人何千人といるのかもしれない。

タケルに案内されなければ、こういうお店を知ることも、カイトに哀しくなることもなかったはずなのに。いつのまにか私は巻き込まれていく。彼の、客として。

今夜は聞きたくもないことを、カイトはよく喋《しゃべ》る。歌と歌の合間に、金色に染めた髪を、掻《か》き上げながら。私の方を流し見ながら。

「僕、人見知りなんだけど、二度目からは結構打ち解けるんです」

カイトはそう言って笑ったが、私は笑えなかった。なんだか騙《だま》されたような気がしていた。帰りたかった。

「ねぇどうするの。今夜だけじゃ、携帯代に足りないでしょ。またウリ続けるの?」

「……」

カイトは、一瞬口をつぐんだ後、私の太ももに、手を乗せてきた。

「実はね、昨日も一昨日《おととい》も、店に出てたんだ」

スカート越しに触れてきた彼の指が熱い。今夜着ているのは、黒いワンピースだった。てろんとした素材で、裾《すそ》と襟に黒いレースが付いている、大人っぽいデザインのもの。男を買うシーンに、妙に似合っている気がして、これに決めた。生地が薄いので、彼の指の触感がひどくリアルに伝わってくる。女性器まで、あと十五センチほどの距離に、彼の中指や人差し指が、ある。

もどかしいような、だけど、だからといってその手の上に自分の手のひらを重ねてはいけないような気が、していた。私は彼の身体を買ったのではなくて、時間を買っただけのつもりなのだ。一緒に朝まで歌うだけなのだから。

私は彼の腕にそっと目線を落とした。

痛々しいくらいに細い。筋肉も贅肉《ぜいにく》もない。何も受け容《い》れたくなさそうな、淋《さび》しそうな腕。好奇心を装って、尋ねてみる。

「昨日はどんなお客さんだったの」

「どんなって、普通」

あまり思い出したくないのか、彼は〝普通〟で誤魔化そうとした。この世では男と男が愛し合うこと自体、普通だとはまだ思われていないというのに。

「……オジサンだった。ち〇ぽ舐《な》めてあげたり、舐められたり」

「ねえ……」

ちょっと待って、と言いたかった。

心を込めて歌を歌っているその口で、好きだよとか愛してるとかいう歌詞を口ずさんでいるその唇で、女の子みたいにふっくらしているそのリップで、彼は男達の肉棒を含んでいる。唾液《だえき》を口の端からこぼしながら、中年男の出腹や赤らんだ顔を見上げながら、一所懸命、お勤めをするのだろうか。

「私ね、同性のアソコを舐めるなんて、絶対にできない。なんだか生々しくてうわあとなっちゃうと思うの。あなたは平気なの？」

「平気っていうか……、ま○こより、ち○ぽのほうが、舐めるのラクだし」

「えッ、そうなの？」

「うん、だっていつもいじっている形だから、どこをどういう風にすればいいかわかるし。女のって、なんか複雑で、どう触ったらいいかわからないし。いっぱい舐めてもち○ぽみたいに勃起《ぼっき》しないし、張り合いがない」

そんな風に言う男を、初めて私は見た。

「普通、男の人って女のアソコを見て興奮したりするっていうけど……」

「僕はそういうの、ないんだ。でもやっぱ、女の子と付き合うと、舐めてあげなくちゃいけない時もあるから、結構しんどい」

今まで付き合ってきた男達のことを、思い返してみる。どの男達も、口の回りを唾液や愛液でべとべとにしながら、私を愛してくれた。もっとヨガらせよう、何度もイかせよう、と、挑んできた。だのに、カイトにはそうした男気がない。

「ひょっとしたら、僕少しだけバイセクシャルなのかもしれない。この仕事始めて、いろんなこと、教えてもらって楽しかったし」

「……いろんなことって」

聞きたくはないのに、聞いてしまう。

「乳首とか、いっぱいいじられたから、かなり感じるようになったし、あとはうなじとか耳たぶとか」

女の子みたいな性感を得られるようになったらしい。黒々とムダ毛が生えた男の腕の中で、このか細い身体《からだ》が快感に悶《もだ》えていたのだろうか。不意に私の奥芯《おくしん》がじん、となった。

いつのまにかカラオケどころではなくなっていた。カイトも曲目リストをテーブルの上に置いたままだ。そして、彼の手のひらは、どういう意図でなのかはわからないけれど、私の太ももに乗り続けている。時刻は午前三時だった。なんだか息苦しくなって、私は尋ねた。

「ね、オールって、何時までのこと？　始発までってこと？」

「ボーイによって、いろいろだけど」

少し難しそうな顔をする。

「僕は、五時までってことにさせてもらってる。昼から別のバイトだし」

「オールの時って……ホテルでお客さんと一緒に寝たりもするの？」

「そういうときもある」

「眠れるの？　見ず知らずの人とひとつのベッドで」

「僕は、どこででも、眠れるから」

捨て猫みたいな捨てばちな、言い方だった。知らない人の胸に抱かれて眼を閉じたことが何度もあるのだろうか。情を移してはいけない。そう思うのに、彼が情けなくて愛《いと》おしくて、たまらなくなってくる。

カイトは面白いジョークでも言う時のような顔になって、続ける。

「でも時々けちなお客さんがいて、寝かせずに朝までヤりまくろうとしてくるんだ。昨日もそうだった。しかも僕、アナルＮＧなのに、最後入れようとしてきちゃって」

「ちゃんと断れたの？」

どさくさに紛れて突っ込まれたのではないかと案じたが、果たして、そうだった。「どうしても入れたい、ちょっと試してみようよと言うから。じゃあ少しだけならってことになっちゃって」

カイトはそのことを思い出しでもしたのか、しかめ面をした。

「入ったの？」

「先っぽだけ……ね。その人、あんまり大きくなかったし、ゼリーも塗ったから」

亀頭の半分くらいだけ、やっとのことで受け容れたのだという。

「これ以上は無理です、痛いですって、バックで入れられてたから振り向いてそう言ったら、なんか興奮されちゃってさ。『い、いいんだ、これでいいんだ』なんて言って、アッという間にイッちゃってさ……」

「やめて」

私の手が、彼の腕を摑《つか》んだ。

「もう、やめて」

「……」

なんでとも、どうしてともカイトは言わなかった。ただ、沈黙が、私達の間を流れた。

カラオケボックスには、窓など、ない。

けれどもビルの外に出れば夜が白々と明けてきているのが見えたことだろう。

私は、自分の月給の十パーセント以上の金額をこの一晩に投じて、カイトの歌を、聞いている。

4

あれからお互いにあまり喋らずただ、ひたすらに歌った。カイトは、私の知らない曲ばかりを歌った。私はカイトの知らない曲ばかり歌っていたらしい。お互いにワザとお互いが違う世界の住人だと認識したいかのように、歌を選んでいたのかもしれない。

そして五時が近づいてきた。

オールの時は、店に戻らず、直帰してしまっていいのだという。給料は後日取りに行けば渡してもらえるのだ。

カイトは眠いのか、先程から歌本に見入ったままで、曲を選ぼうともしない。私は追加で頼んでいた少しぬるくなったカシスソーダを口にした。甘さだけが徹夜で鈍くなった舌に沁《し》みていく。

インターフォンが鳴った。カイトが出る。

「はい……はい……わかりました」

私の方を見て、

「あと十分だって」

と告げる。

「じゃあ……最後になにか、歌って。締めてちょうだい」

ソファに背をどっともたせかけながら、私はぼうっとモニタを眺めた。今週のベストヒットチャートがカラオケの曲番号付きで、流れている。これを見ながら曲を決めている人もきっといるのだろうけれど、最近あまりテレビを観《み》ない私には、知らない歌ばかりだった。

「もう、ノドが疲れちゃったよ」

そう言って、カイトは私の隣にぴったりとくっついてきた。最後のサービスのつもりなのだろうか。

彼の青いTシャツは、よく見ると何度も洗濯したのだろう、首もとが少し伸びかけていたし、色も褪《あ》せ始めている。綺麗《きれい》なワンピースを選んできた私とは全然格好が合わない。でも彼は私よりずっと高価な携帯電話を持っている。その電話は、私ではなく誰か他の人にかけるために使っているのだ。恋人なのか友達なのかは知らないけれど。

彼は私の顔を見ずに、ずっとモニタの歌詞ばかりを見つめて歌っている。太ももも、腕も、ぴったりと貼《は》りついているのに、どこか素っ気ない感じを受けた。こうすれば喜ぶんでしょ、とでも言いたげな触れ方だった。カイトは多分私の反応を窺《うかが》っている。

頭がくらくらしてきた。

彼の細い肩が、眩《まぶ》しかった。

手を伸ばせば、すぐに届く若い男の身体がそこにあった。私は五時まで、あと十分たらずだけれども、彼の身体を買っているのだ。肩に触れても、誰も叱《しか》らない。だのに、身体は硬直して、動けない。

眠いのも手伝って、身体の力が抜けていく。でも彼にもたれかかることなんて、できなかった。ほらみろ結局、人助けしているような顔をして、自分だってヤりたかったんじゃないかと嘲笑《あざわら》われそうで。

店内に流れていたラブバラードが終わり、一瞬、静寂が流れたその時、彼の方から、私に寄りかかってきた。

「……さすがに、眠くなっちゃった」

男の人の身体というのは重くて固いものだが、カイトはまるで女の子のように軽かった。あまり体重をかけてきていないからかもしれなかったが、それにしてもせつないほどに、彼は細くて中性的だ。パイル地のTシャツがその薄い胸をふんわりと覆《おお》っていなければ、きっともっとスリムに見えるのだろう。

カイトは心地良さそうに目を閉じている。まるでゆりかごでゆられている外国の赤ん坊のよう。金髪の毛が柔らかく揺れている。

けれども時間は待ってはくれない。あと数分でここを出なくてはならない。

「ね、そろそろ……」

そう言いかけた私に、彼がぱちッと目を開けた。瞳《ひとみ》と瞳が絡《から》んだ。急に泣き出したくなるくらい、彼が愛しくなった。大きな黒目には、外出する主人の気配を感じてきゅんきゅん鳴きだしている子犬のような淋しさが満ちている、ような気がした。

「今日は、ありがと」

本当は、抱きしめたかった。

最後なんだし、どさくさにまぎれてきつく、瘦《や》せっぽちのその身体を絞るように、抱きしめればよかったのかもしれない。だけど、私は彼の頭を優しく撫《な》でるだけで、精一杯だった。意外なほどに、彼の髪の毛は固かった。パーマが毛先にかかっている金色のそれを指の間で、何度も梳《す》く。

「ごわごわしてたでしょ」

手を離したら、すまなそうにカイトが顔を覗《のぞ》き込んできた。

「何度も脱色繰り返してるから、すごい傷んじゃってるんだ」

悲しげに唇の端を上げて笑った彼に、気持ちが弾け飛びそうになった。ここまでしてカッコをつけて、髪染めを繰り返して、彼は一体、何を求めているのだろう。僕を見て、と、誰に訴えているのだろう。

この子は私の恋愛対象なんかではない。頭ではわかってはいた。七歳も下で、しかも売春なんかしていて、お金にだらしなくて。こんな子と一緒にいても、何もいいことなどない。わかっているのに、溢《あふ》れ出てくる優しい気持ちを抑えることが、できない。

彼に新しいお洋服を与えてあげたり、そのしわの寄っているシャツにアイロンを当ててあげたい。薄汚れてねずみ色になりかけているスニーカーを洗ってあげたい。いっぱいおいしいご飯を御馳走《ごちそう》してあげて、もう少しでいいからその細い腕に肉をつけてあげたい。

多分、カイトが二十歳の人間の男の子でなくても、捨て猫でも捨て犬でも、同じような気持ちになっただろうと思う。

私はカイトを保護したかった。

カイトも私に保護されたかったのだろうか。

「……しようよ」

彼がふと口を開いて、顔をこちらに近づけてきた。反射的に逃げようとじたのに、いつのまにか頭の後ろに彼の手があって動けなかった。

私の唇は、彼の唇と重なった。

ぷにっとした、柔らかい優しい膨らみに、包まれていく。僅《わず》かに唇が、濡《ぬ》れている。

「ダメ……」

顔を背けようとしても、温かく濡れた粘膜が、追ってくる。

「あ、ダメ……ッ」

彼が指をいっぱいに拡《ひろ》げて、乳房を摑みにかかっている。黒いワンピースの布地から、胸が曲線を描いてむにむにと蠢《うごめ》く。

「なに、してるの……」

「したくなっちゃった」

レースの隙間《すきま》から手を差し込み、彼が乱暴に乳丘を鷲掴んでくる。ぐい、ぐい、とリズミカルに、絞るように、乳房がいじられていく。

「ねぇ、したくならない？」

スカートが捲《まく》り上げられ、パンティーの股間部分を彼がなぞってくる。

「あッ……」

先程からずっと充血していたクリトリスが擦《こす》られたので、ぶるる、と全身が震える。

「だめ。だって、私、もうお金……ない」

オールは午前五時までのはずだ。もう何分もない。彼は延長料金欲しさに、さらに一稼ぎしようとしているのだろうけれど、もう今日はタクシー代やらカラオケ代やらも含めて、四万円以上使っている。私からはもう幾らも引っ張れないということを伝えなくては……。

「お金はいいよ」

彼がぽつりとそう言った。

「僕がしたいんで」

本気らしく、じっ、と私を見つめてくる。先程までの眠そうでだるそうな顔はもうしていなかった。いいわよと肯定してもらいたそうに、親や教師に誉めてもらえるかどうかをドキドキして待っている子どものような瞳をしていた。

私も、彼としたくなっていた。

したいというよりは〝してあげたい〟という気分だった。男ばかりを相手にしている彼に、女の肌の柔らかさや温かみを伝えたかった。もうウリセンの仕事なんてやめようかなと彼がしみじみ感じるくらい、ふわふわとした心地良いヴァギナで、彼を優しく迎えてあげたかった。

お金を払って男に〝して〟もらうだなんて、女としてすごく情けない。でも、自分のためでなく、彼のために、そうしたかった。誰かのために身体を開くことを、ずっと前から、私は望んでいたのかもしれない。男に望まれて抱かれるのではなくて、自分から望んで男に与えてあげるような、そんな愛し方を、してみたかったのかもしれない。

「でもなんだか、エッチしたら、カイトくんが、かわいそうな気がする」

「別に、僕は」

カイトは少しだけ頬を赤らめた。

「僕はかわいそうなんかじゃないよ。お姉さんが、可愛《かわい》がってくれれば、全然別に」

私は黙ってカイトの胸に手を添えた。小さな乳首が勃起していて、ころんと指先に反応して踊っている。たくさんの男達にいじられたであろうこの乳首。カイトがぴくん、と腰を緊張させている。感じているのかもしれない。

こんな私の行動を、エッチＯＫだと解釈したのだろう。カイトはパンティーの脇《わき》から蜜芯《みつしん》に指を差し込んできた。とろんとした液が彼の爪先を濡らしたはずだ。興奮していることを知られてしまったことが、ひどく恥ずかしかった。親切なお姉さんの仮面が、ぼろぼろと、崩れていく。

5

カイトが私に欲情したのは、私のことが好みだからとか、色っぽいと思ったからとか、そういうことではなかった。

「一度、年上の女《ひと》と試してみたかったんだ」

若さゆえの好奇心が先に立っていた。私自身への関心は二の次だというのが、なんとなく惨《みじ》めだった。七つも下の子の肉欲にただ引きずられるがままに、歌舞伎町《かぶきちよう》のラブホテルに飛び込んでしまった自分も、恥ずかしかった。

カイトは女性とは九ヶ月、していないのだという。先月からウリセンを始めたので、男性とはさんざん交わってはいたけれど。

「九ヶ月の間、セックスしたいとは思わなかったの？」

「……オナニー、してるし」

ホテルのエレベーターの中で、彼は階数ボタンを見つめながら答えた。

「女とするのって面倒だから、当分いいやと思っていたんだけど。お姉さんなら、なんか、いいかも」

カイトは私のことをお姉さん、と呼んだ。エッチなお姉さんだときっと思っていることだろう。男を買ったりしているのだから、いろいろと誤解されて、当然だけれども、なんだか肩身が狭い。

そんなに期待されても、大した経験などしていない。私には、性のテクニックなんて全然ない。今までは人並みに、男の身体《からだ》の下で喘《あえ》いできた部類なのだから。

ホテルの部屋に入ると、カイトは今までと打って変わって、甘えるようなないつっこい顔をしながら、もう一度私にキスを仕掛けてきた。温かく濡れた舌が絡んでくる。私の肩を摑んでいた彼の手が背中に回り、ワンピースのジッパーを下ろしてくる。

ラブホテルは、どこだってよかった。

一番最初に現れた、真っ白い外観のホテルは、外壁に『カラオケ完備』と青い字で表示されていたのでそこに決めた。ひょっとしてエッチなしの展開になったとしても、そこならカラオケもあるし間つなぎができる気がしたからだ。ブルーのソファに真っ白いベッド。海をイメージでもしているのか青と白にまとめられた爽《さわ》やかな室内。白木のフローリングの上で、私は彼に脱がされていく。

こういう展開を全く予想していなかったわけではない。ひょっとしたら……。そういう気持ちがあったから、私は黒いレースのブラとショーツのセットを身につけていた。シャワーも出がけにわりと丁寧に浴びてきた。カッコいい下着、と囁《ささや》かれて少しだけ、誇らしかった。

僕も脱がしてというので、彼のTシャツを引っ張り取り、ジーンズを下げる。どうして近頃の男の子って、ゆるめに腰に引っかけるようにしてズボンをはくのだろう。紺のギンガムチェックの可愛いトランクスが、脱がす前からちらりと覗いていて、胸がドキドキした。ギンガムの布地の向こうには、息づいている彼自身があるはずなのだ。

彼の股間《こかん》につい、目をやってしまう。少し膨らんでいて、布地を持ち上げ始めている。あまり凝視してはいけないと思い、さりげなく逸《そ》らした。

「なんか、柔らかい」

カイトは私をベッドに押し倒し、むにむにと乳房を揉《も》んでくる。ヒップも、太ももも、ふわふわとした肉がついているところはすべて、彼の手が、懐《なつ》かしげに回されてくる。いつも相手にしているオジサン達と、そして今まで交わった女の子達と比べられているのだと思うと、ひどく恥ずかしい。

ブラジャーのカップが左右に開かれ、乳房が震え出てくる。カイトは迷わずそれに吸い付くと、ちゅっぱちゅっぱ、と美味《おい》しそうに音を立ててくる。わざとらしいほどの響き。いつのまにか仕込まれたのだろう。彼はやはり、娼夫なのだ。私の乳首が濡れていく。

胸が、右に左に踊る。念入りに揉まれ、いつしか双《ふた》つの丘がびりびりと痺《しび》れ、彼の指の腹が触れるだけで、

「あぁぁ」

と声が漏れてしまう。乳房全体が敏感なゴムマリのようになってしまい、弾むたびに、甘美な刺激が下肢にまで走る。彼がまた、乳首に吸いついてくる。

「ああ……ッ」

指が、彼の乳首の位置を探る。前の恋人に一度こういうことをしたことがあったが、くすぐったいからやめろと言われただけだった。でも何人かの男に開発された彼の、

濃い茶色の小豆大のそれは、きゅう、と面白いほど簡単にその身をさらに固くした。摘《つま》んだり、指で弾いたりしてやると、軽くカイトは腰を揺すってくる。感じているのだ。ぞくぞくした。彼が悦《よろこ》んでいることで、感じていた引け目のようなものが消えていく。

きつく、彼を抱きしめてみる。少し骨ばった、だけど少年のように艶《つや》やかな身体《からだ》が腕の中にある。嬉《うれ》しかったのか、彼も私にぎゅっと抱きついてきた。ふたりでベッドの上をごろごろと右に左に転がった。彼の手が自然な感じでパンティーにかかり、するすると身体に残っていた最後の一枚の布が取り払われた。トランクスを脱ぎ捨てた彼の股間に手を伸ばす。ぴんと元気良く勃《た》った肉の茎が、びくん、と可愛く反応した。こんなに敏感なペニスを、何人の男達が美味しく頬張ったのだろう。軽い嫉妬《しっと》が起きる。カイトはすでに習慣になっているのだろうか、呆気《あっけ》ないほど簡単につるつるとコンドームを付けた。それが当たり前のことのように。

「舐《な》めっこしよう」

眼前に彼のお尻が迫ってくる。私の上に跨《またが》って、肉の棒を押しつけてくる。乱暴なんだから、と心の中で少しむくれながらも、可愛くぴんと伸びているそれを、そっと含む。ゴム特有の匂《にお》いと、つるんとした触感とに襲われる。彼自身を、何度も何度も、顎《あご》でしゃくって味わう。若くて肌もつるつるなのに、やはりペニスや睾丸《こうがん》には何本もの皺《しわ》ができている。ここだけが人生経験を積んできているかのように。

「ああ……ン……」

肉茎には、若々しく、張りがあった。固い、固い、と何度も呟《つぶや》きながら、頬張る。

いっぱい吸う。愛《いと》おしく舐め上げる。

カイトはカイトで、おいしいおいしい、と言いながらじゅぶぶぶと淫液《いんえき》を吸ってくる。舌でれろれろとクリトリスや襞《ひだ》をくすぐってくる。


「あうぅう、くぅう……ッ」

全身にびりびりと振動が走る。唇を強くすぼめてカイトのペニスに摑まる。


「ね……しようよ」

カイトは、早くも挿入したがっている。なんだかんだいってもまだ二十歳そこそこの男の子なのだ。向き直り、私の脚を大きく拡げると、腰を押しつけてくる。


「あッあ!」

夢中で私は、受け容《い》れた。

あまり大きな凹みもない真っ直ぐなペニスを、カイトが腰を揺すりながら押し込んでくる。にゅぷにゅぷと、待ってましたとばかりに口を開き、蜜膣《みっちつ》が包み込んでいく。

つく。

「あぁあ……ッ」

せつない声を上げて、私は両脚を彼の背中に回す。ぴっとりと、華奢《きゃしゃ》な彼にしがみつく。

ウリセンの男の子達というのは、大抵は、女役を演じるのだという。だからカイトも、男達に抱かれる一方だった。男のペニスを突っ込まれかけたことはあっても、突っ込む機会はなかった。久しぶりに仕事にありつけた彼の男根は、水を得た魚のように、うねうねとヴァギナの中で踊る。

「ああ、あ、ああ……ッ！」

声に、ならない。うまく喘ぎ声も、出ない。小柄な彼は、上手に蜜の道の中を探ってくる。右に、左に、縦に、横に、斜めに。ただ突く場所が微妙に違うだけなのに、身体中、掻き回されているかのような、頭の中も身体の中もくちゃくちゃにされているかのような快感が広がっていく。私の腕の中で一所懸命動いてくれているカイト。ぽとん、と汗が胸に落ちた。額から黄金の前髪を通って、滴《したた》ってくる。彼の胸がうっすらと汗ばみ、濡れている。私は腕を伸ばし、彼の乳首をまた摘んだ。ここに触れると、なんだか安心できた。自分が間違ったことをしていない、と信じられる気がした。ここは、茹《ゆ》でる前の小豆のように固くなっていた。こりこりといじると、彼がまた腰をくねらす。

「ああ……」

低い呻《うめ》き声がカイトの唇から漏れる。

その唇を、唇で塞《ふさ》ぐ。ふたりでぴっとりとくっついたまんまでいたら、夜明けのように真っ白な光が天から降ってきたかのような心地良さに見舞われた。全身が、ぷるぷると震え合い、気持ちいい、気持ちいい、と繰り返し告げあった。

「すごい、すごい、ぬるぬるしてて」

その言葉通り、私の泉は、溢《あふ》れきっていた。アナルの方にまで、女汁が垂れているのが、わかる。カイトがそれを指ですくう。男同士の交わりでは決して流れ出てはこない、愛の水。珍しいものでも見つけたかのように、それに触れた後で、私の腰を摑《つか》む。奥へ、奥へ、と突いてくる。

俺は、男なんだ。

そう主張したがっているかのような、ペニスが、ぴちぴちと私の中で跳ねている。怒りとも悔しさともわからないような激情が、一瞬、彼の顔に浮かんだ気がした。

男なんだ。

そう彼が訴えている気がした。

男なんだから、女とヤりたいんだ。

ぐいッ、ぐいッと押し込んでくる熱い肉の棒を、私は私の熔《と》けそうになっている熱い肉で、包んであげた。ずっとこうして、彼を守ってあげたかった。

愛《いと》おしさと気持ち良さとで、たまらなくなって、自分から腰を振ってしまう。

「だめ、出る。もう、イッちゃう」

カイトが辛《つら》そうな声をあげた。

私の上に覆《おお》い被《かぶ》さり、そのまま、あッ……、と声を漏らす。蜜芯の奥がじんわりと熱を伝えながら、彼の欲射を告げてきた。

あれから、二度か三度、カイトからメールが入った。でも、私は返信しなかった。

『今、店にいるんだけど』と書かれていたこともあった。でも気づかないふりをした。

無視しているうちに、メールはこなくなった。だから今も彼があの店のカウンターの前で並んでいるかどうかはわからない。

この間、友達と行った競馬で数万円が儲《もう》かった。だからヴィトンのポシェットを今度こそ買った。でも二度ほど使っただけで、飽きてしまった。こんなことなら、カイトを買えばよかったのかもしれない。そう考えている自分に気づき、なんだか、おかしかった。

彼と会っても、お金を吸い取られるばかりなのに。関係に未来はないのに。後には何も残らないのに。お金を払った瞬間のあの恍惚《こうこつ》は、ブランド品を買うときの比ではなかった。そしてカイトのお財布だけでなく心もペニスも潤《うるお》せたあの興奮……。世渡り下手の二人で絡《から》み合ったあの時、私も確かに癒《い》やされていたのだ。

新宿のデパートに買い物に出かけた帰り、信号待ちの間に、彼が歌っていた曲を携帯でダウンロードした。そして新宿駅のホームでイヤホンを耳に入れ、立ったままそれを聴いた。カイトの健康と幸せを、心から、祈りながら。

解説

落合早苗

『いじわるペニス』は、〈ケータイ小説の女王〉として確固たる地位を築いた内藤みかの出世作である。

文芸大手出版社の新潮社が、日本国内ではじめて、携帯電話会社の公式サイトにおいて、作品の有料配信を開始したのは二〇〇二年のこと。「新潮ケータイ文庫」と銘打ったこのサービスは、二月のａｕを皮切りに、五月にＪフォン（現在のソフトバンクモバイル）、翌二〇〇三年四月にはドコモと順次展開。目玉として書き下ろし作品を盛り込み、新進作家育成の場としての役割も担《にな》った。

月額固定制で読み放題、コンテンツは月曜～金曜毎日更新、一回あたりの配信は一二〇〇～一六〇〇文字程度。ユーザーからのアクセスというプル型だけでなく、長編・短編作品はメールで届けるというプッシュ型システムも採用した。掲載作品は常時約五十点。書き下ろしが売りとはいえ、大半は既刊本や雑誌掲載作品の再掲などでしのぐことになる。内藤みかも当時たまたま、「小説新潮」発表短編『二時間一万七〇〇〇円』の配信依頼を受けたにすぎなかった。そして二〇〇三年八月から約一か月配信されたこの作品は、赤川次郎や宮部みゆき作品を抜くアクセス数を集めた。

その反響の良さから、あらためて書き下ろされたのが、二〇〇三年十二月からはじまった『いじわるペニス』だった。

「新潮ケータイ文庫」側でも、三週つづけて前週を下回ればその場で打ち切る《サドンデス小説》という、著者・読者双方のモチベーションを上げる仕掛けをするなどしてこの連載をもり立てたが、いざフタを開けてみると、連載開始翌週には一万アクセスを記録。二位以下を圧倒的に引き離すことになった。

『いじわるペニス』は三年間つきあった恋人に裏切られたOLが、ヤケになって買ったウリセンボーイとの関係にハマってどんどん堕《お》ちてゆく、というストーリー。設定こそ特殊だが、過去の苦い恋愛経験から臆病《おくびょう》になり、嫌われたくないと願っていながら届かぬ想《おも》いに、恋の切なさを重ね合わせた女性が多かったようだ。「新潮ケータイ文庫」には、

●切なくて、涙MAX！（*T-T*）
●主人公が痛くて、いとおしい
●心と体、伝わらない気持ちに泣きそう
といった二十〜三十代女性からのメッセージが寄せられた。どれも肉体的なものでなく、主人公の心に共感する声ばかりであった。

内藤みかのケータイ小説は、大半が一人称である。客観的な描写は排除、登場人物も極力少なくし、ケータイ世界での《閉じたコミュニケーション》に慣れた層が感情移入しやすい文体に仕上がっている。句読点や改行を多くし、画面が文字でいっぱいにならないよう読みやすさへの配慮もある。くわえて毎話の終わり方も決して完結しない。

例えば、本書『いじわるペニス』の第一話は次のように終了する。

「ねえ」

そそくさとゴムを外している彼に、私は、問いかけた。

（つづく）

「『なんて問いかけたんだろう?・』と皆さん気になって第二話も読んでくださったらしいんですけど、こんな感じで『次はどうしたんだろう?・』と引っ張って終わらせるクセをつけただけなんです」

この手法について、内藤みかは後日講演会においてこのように語っている。

ウリセンという非日常的なシチュエーションで、ストーリーはジェットコースター並みに展開。毎日ネットの向こうの《私》なる人物が、強烈な痛みをともなう胸のうちを打ち明けてくる。読者側も主人公をより身近に感じることになる。つづきが気になる終わり方。その日アクセスした一万人は必ず翌日もアクセスし、さらにそのつづきを待ちわびる。

連載は全八十話で、第3章の咲希《さき》が由紀哉《ゆきや》に別れを告げるところで終わっている。総アクセス数は七十万を超えた。今でこそ〈ケータイ小説〉といえば桁《けた》ちがいのアクセスも聞かれるようになったが、従量課金制による通信があたりまえだった環境で、敢《あ》えてケータイで、しかも有料の作品を読むというスタイルがまだ定着していなかったこの当時、これは驚異的な数字だった。

かくいう私自身、リアルタイムでこの連載を読んでいた一万人のうちのひとり。毎朝配信されるメールにわくわくしながら、ケータイというメディアにおける、エンタテインメントとしての連載小説の復権を、本作品で予感したのだった。

連載終了からおよそ半年後の二〇〇四年十月、『いじわるペニス』は同社より単行本として発行された。

ところが、紙という視認性の高いメディアに置き換えられたことによって、それはまったくちがう印象の作品になっていた。

自分の身体《からだ》も心も、決して満足させることのない由紀哉に執着していく咲希の根底には、恋人に捨てられ、ずたずたにされた自尊心がつねに横たわっている。回復しないままの傷ついた心は悲鳴をあげ、本来お金で割り切った擬似的恋愛であるはずの関係性を歪《ゆが》んだものにしていく。《切ない》といった甘い感情は消え去り、借金を重ね、風俗に手を染めていく過程は、強迫観念や依存症といった病的な領域に至るさまを、私たち読者にまざまざと見せつける。

さらに単行本向けに加筆された第4章およびエピローグでは、いちどは決別したはずの世界に、まるで泥沼に引き込まれていくように舞い戻った咲希が、ついに壊れてしまうところで結実する。愚かしい行為から目を背けることを許さず、本作品は正気と狂気との往来をきっちり描いている。きっと誰もが持っているはずの《心の闇《やみ》》を突きつけられ、そしてその闇が日常のいたるところに潜んでいるという現実に、私たち読者は戦慄《せんりつ》すら覚えるだろう。

咲希はあのあと、どうなったのだろうか。もう二度とつづきを読むことのないストーリーのその後を、私はときどき考える。

「私は、お客さんよ。単なる、お客さん。お金を払って彼に慰めてもらってるのよ」

自虐的《じぎやく》な台詞《せりふ》ではある。だが、彼女ははじめて、由紀哉との認めたくなかった関係と対峙《たいじ》し、それを他者、しかも由紀哉の恋人に宣告したのだ。堕ちるところまで堕ちた咲希は、きっとここから這《は》い上がり、やがては再生していくにちがいない。最後の台詞は、そんな一抹の救いを含んでいるように思うのである。

〈ケータイ〉とは異なる表現力を用いて、〈紙〉ならではのストーリーに仕立て上げた著者の技量には、あらためて感服する。

昨今〈ケータイ小説〉がブームである。

売れるものが必ずしもよいものとは限らない。出版界では「ベストセラーに良書なし」ということばもある。しかしその反面、ビジネスとして成立しない、読者の関心をひくことのない作品が文化として継承されることもあり得ない。

ただ、出版業界の末席を汚《けが》す身としては、過剰供給とも思われるこの一大ムーブメントを前に、市場原理先行の危うさ、脆《もろ》さを憂慮するのみである。

ひたすら消費されていく多くの〈ケータイ小説〉群の陰で、堅実に版を重ねている作品も、少ないながら存在する。『いじわるペニス』もそんな数少ない作品のひとつである。

〈ケータイ小説〉の黎明《れいめい》期をささえた記念碑的な作品と、その源流となった単行本未収録の『二時間一万七〇〇〇円』の二編が、このたび文庫化されることになった。これからは〈ケータイ小説〉の枠を超え、「新潮文庫」の一冊として、より長く、より多くの人たちに読まれていってほしいと願っている。

（二〇〇八年四月七日、株式会社 hon.jp 代表取締役社長）

この作品は平成十六年十月新潮社より刊行された。「二時間一万七〇〇〇円」は小説新潮平成十四年十一月号に掲載された。

新潮文庫最新刊

阿川佐和子著
スープ・オペラ
一軒家で同居するルイ（35歳・独身）と男性二人。一つ屋根の下で繰り広げられる三つの心とスープの行方は。温かくキュートな物語。

角田光代著
おやすみ、こわい夢を見ないように
もう、あいつは、いなくなれ……。いじめ、不倫、逆恨み。理不尽な仕打ちに心を壊された人々。残酷な「いま」を刻んだ7つのドラマ。

瀬名秀明著
デカルトの密室
人間と機械の境界は何か、機械は心を持つか。哲学と科学の接点から、知能と心の謎にダイナミックに切り込む、衝撃の科学ミステリ。

嶽本野ばら著
シシリエンヌ
年上の従姉によって開かれた官能の扉。その先には生々しい世界が待ち受けていた――。禁断のエロスの甘すぎる毒。赤裸々な恋物語。

内藤みか著
いじわるペニス
由紀哉は、今夜もイかなかった――。勃たないウリセンボーイとのリアルで切ない恋を描いた「新潮ケータイ文庫」大ヒット作！

吉村　昭著
わたしの普段着
人と触れあい、旅に遊び、平穏な日々の愉しみを衒いなく綴る――。静かなる気骨の人、吉村昭の穏やかな声が聞こえるエッセイ集。

いじわるペニス

新潮文庫　な-63-1

平成二十年六月一日発行

著者　内《ない》藤《とう》みか

発行者　佐藤隆信

発行所　株式会社　新潮社

郵便番号　一六二―八七一一
東京都新宿区矢来町七一
電話　編集部(〇三)三二六六―五四四〇
読者係(〇三)三二六六―五一一一
http://www.shinchosha.co.jp

価格はカバーに表示してあります。

乱丁・落丁本は、ご面倒ですが小社読者係宛ご送付ください。送料小社負担にてお取替えいたします。

印刷・錦明印刷株式会社　製本・錦明印刷株式会社

ISBN978-4-10-134771-4 C0193